李仁康 —— 著

我的生活广记

华中科技大学出版社
http://press.hust.edu.cn
中国·武汉

图书在版编目(CIP)数据

我的生活广记/李仁康著.—武汉:华中科技大学出版社,2024.6
ISBN 978-7-5772-0926-5

Ⅰ.①我… Ⅱ.①李… Ⅲ.①回忆录-中国-当代 Ⅳ.①I251

中国国家版本馆CIP数据核字(2024)第103646号

我的生活广记 　　　　　　　　　　　　　　　　　李仁康　著
Wo de Shenghuo Guangji

策划编辑:饶　静
责任编辑:孙　念
封面设计:琥珀视觉
责任校对:刘小雨
责任监印:朱　玢

出版发行:华中科技大学出版社(中国•武汉)　　电话:(027)81321913
　　　　　武汉市东湖新技术开发区华工科技园　　邮编:430223
录　　排:孙雅丽
印　　刷:湖北新华印务有限公司
开　　本:880mm×1230mm　1/32
印　　张:9.125
字　　数:189千字
版　　次:2024年6月第1版第1次印刷
定　　价:49.80元

　　　　　　本书若有印装质量问题,请向出版社营销中心调换
　　　　　　全国免费服务热线:400-6679-118　　竭诚为您服务
　　　　　　版权所有　侵权必究

作者

作者，摄于1964年

作者夫妇,摄于 2022 年

作者的父母(由单人照片后期合成)

作者家人，摄于2018年

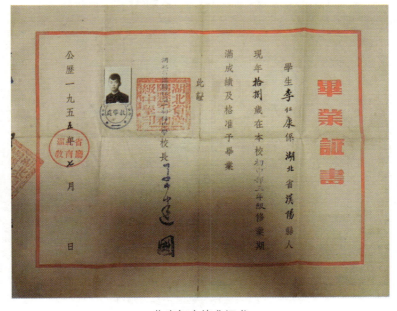

作者初中毕业证书

作者（左4）博、硕士生毕业论文答辩会专家组合影

作者于1994年获国务院政府特殊津贴证书

作者（前左3）担任《中国中西医结合脾胃杂志》
副主编时与编委其他成员合影

作者家书，写于1979年

作者于2007年被加拿大多伦多国际中医药针灸研究学院聘为教授、顾问

作者（前排中）于2009年被多伦多和和中医诊所聘为坐堂医生

作者，2003年摄于安大略湖畔

作者夫妇，2003年摄于尼亚加拉大瀑布

作者夫妇，2004年摄于白求恩故居多伦多北部格雷文赫斯特（Gravenhurst）小镇

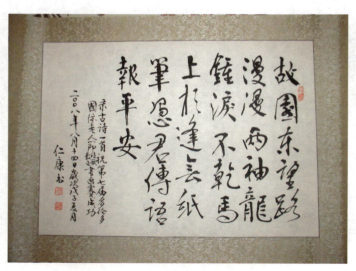

作者书法作品，摄于2008年第七届多伦多书画展

作者夫妇,2009年摄于加拿大首都渥太华

作者夫妇,2015年摄于桂林第八届中国重阳书画展

作者夫妇，2019年摄于平山毛泽东同志旧居

作者（右2），2021年摄于协和医院

作者，2021年摄于汉阳一中

写在前面的话

父亲的这本生活广记，我逐字逐句地从头读到了尾。很多故事其实我在童年时期就反复听说过，此时读来勾起对往事的回忆，有时不由得会心一笑，有时又惊叹父亲的记忆力惊人，许多旧事的复述和我多年前听到的或经历过的几乎完全一致。也有不少故事在读完以后，回想当年，有种"原来如此"的恍然大悟之感，当时只道是寻常。

传说五六百年前，先祖因明朝"江西填湖广"的移民政策而来到湖北，虽居千湖之省、鱼米之乡，几百年来勤恳劳作，大多数普通百姓家的孩子也只能读得起两三年私塾，生活的艰辛可想而知。新中国成立，天翻地覆。旧时王谢堂前燕，飞入寻常百姓家。我的父亲母亲有幸成长于新中国，才有了平等接受全面教育的机会，再加上个人不懈的努力，选择了受人尊敬的教师、医生作为职业，教书育人，治病救人，桃李满天下。读书改变了命运。

父亲个人成长的经历更是与新中国前进和发展的历史紧密相连。在新中国，农村家庭出身的父亲在儿童时期能有适时接受启蒙及初等教育的机会，而没有仅仅止步于私塾；教育向工农倾斜的国家政策也使得一个普通家庭的少年能有机会进入大学校园学习，开阔眼界的同时不用顾虑学费的负担；改革开放初期，国家对人才的极大需求和对干部年轻化、知识化的要求，使得年富力强的知识分子能脱颖而出，顺利地填补国家人才的断层，从而成长为大学的教授和社会的中坚力量；21世纪以来，随着改革开放的深入以及经济快速发展而带来的与国际社会不断深入的交流，让父亲能有机会走出国门，向外推广中国医学、中国文化。

个人奋斗和家国命运紧密相连。很多时候在人生的十字路口做出的选择，对于个人来说仿佛是命运的安排，其实只是时代的车轮始终在滚滚向前，个人因此要不断地调整自己的步伐，以追随时代的脚步。

这本生活广记记录的是父亲成长的故事，它同时也是母亲的故事，更是千千万万普通人共同追求梦想、追求幸福的故事，还是每一个普普通通的劳动者、建设者、开拓者的故事。他们在农村、在城市，在各行各业努力工作，在实现个人梦想和家庭幸福的同时，也给中华民族带来了前所未有的繁荣富强，全体人民逐渐过上了几千年来世世代代中国人难以想象的富足生活。回想数百年前，我们的先祖从江西入湖广，虽一路颠沛流离，但心中希冀的不正是这样和平而富足的生活吗？

人类从未停下迁徙的脚步。"地球是人类的摇篮，但是人类不会永远生活在摇篮里。"五百年以后，或许有那么一天，当人类的飞船载着希望飞向茫茫宇宙，穿梭于时空隧道的间隙，会有那么一位少年，随手翻开这本生活广记，品读父亲的故事。虽时空相隔却能抚今追昔，感叹人世间的沧海桑田。

这正是父亲作此书的心愿。

李超

2024年2月3日

序

父亲的生活广记适合沏一杯清茶，在午后惬意悠闲的时光里，去品味、去感悟。求学、从戎、行医，随着父亲娓娓道来，我们仿佛看见一个打着赤脚、挽着裤腿的小小少年从一个农民的孩子，迈着踏实而坚定的步伐，由农村，到县城，再到省城；从村里小小的私塾一步一个脚印迈入高等学府，最后成长为一名享受国务院政府特殊津贴的医学专家、受人尊重的大学教授。父亲一生悬壶济世，桃李成荫，看似平凡的人生，回望过去，却处处透着不平凡。

父亲通过自己的榜样教会我们如何正确面对人生的困境和挑战，在我们的成长过程中，帮助我们建立了正确的价值观和道德观。我们还在上学时，父亲就常常告诫我们"无志之人常立志，有志之人立长志"，做人要有长远目标，并要付诸行动去实现目标。父亲还说过"在家不会迎宾客，出外方知少主人"，待朋友要心诚，对自己要严格，遇到困难要正确面对，不能退缩。父亲对我们的教育影响深远。

有人说，父爱是粗略不可见的，而父亲对我们无微不至的爱总是在细节之处显现。他曾经顶着风雪、冒着严寒、踩着泥泞，从汉口到鲁巷为大女儿送棉被，到宿舍时已近中午，大女儿还高卧未起，他放下棉被就默默离开了，每每想起，大女儿都懊悔不已，这么冷的天，父亲冒雪而来，居然连个午餐都没有吃上。

1998年盛夏，长江流域发生百年一遇的特大洪水，作为医务人员的小女儿要去医院值班，可是家里楼下已经成了一片汪洋。年近六旬的父亲冒着风雨、蹚着齐腰深的污水找来人力三轮车把女儿拉到单位。他的背影，如同一座坚不可摧的山峰，为家人提供庇护和温暖。父爱无声，唯有用心体会。

如今，父母渐渐老去，愿时光走得慢一些，再慢一些，让我们珍惜与父母的相伴时光，多多陪伴父母，倾听他们的故事，这是一种难以言喻的幸福。

长女李燕

小女李维

目录

求学篇 / /

我发蒙时读的书	2
私塾先生授课三部曲	5
进入新中国的公立学校	7
我的土改记忆	9
考中学？到哪里去考？	10
一年扩招七百多名学生	15
初中享受助学金三年	18
分班	20
哪里响？三店乡	22
我不会唱歌只会背歌	24
见到家乡英雄吴运铎	26
1954年的大洪水致我家房屋倒塌	27
我因急性血吸虫病差点休学	29
"屙尿洗萝卜"引起的风波	30
初中毕业了	32

初中毕业了干什么	34
升学考试的几何题漏做了	36
去省城读书	38
1955年9月1日武汉长江大桥开工	40
我一辈子没戴过红领巾	41
启发你的人	42
转校	44
团干班学习的插曲	46
一床蚊帐感动我一辈子	47
我被保送了	49
往哪里保送	51
中医学院成立与转院	53
中医本科教育该怎么搞	55
调干生	57
水里冒出的新城	61
牛津大学与牛进大学	64
必要的社会活动	66

从戎篇 //

怎么会分到部队的呢？	70
下连当兵	72
第一次站岗	74
第一次打靶与投弹	76

华蓥山游击队救了我 79
巡讲革命故事 81
我是铁道兵 85
我在军中接诊的第一位病人 87
我要回家结婚了 90
中医中药在铁道兵是有市场的 95
婚事新办，勤俭节约 97
第一次去北京 99
针刺治疗聋哑的反思 103
一盘豆皮的忏悔 108
三颗冲天炮 112
载入铁道兵史册的襄渝铁路 115
医生带情绪上岗真害人 117
采药 119
正确运用毛泽东语录 121
京通铁路与滦平 123
一匹马死了 125
部队送我到武汉学习一年 127
抗震救灾与三等功 132
我转业了 135

医师篇 //

我转业到了一所教学医院 140

中医师承是必不可少的	143
精与诚是对医者的明确要求	147
光靠诊脉难以准确判断病情	149
中医药文化缤纷多彩	152
医患在诚心交往中建立和谐关系	155
中西医治病理念不同	157
只要下功夫，切脉是可以掌握的	159
中医不能废	162
故事共享	167
综合性医院中医科路在何方	172
中医能诊治急性病吗？	176
传统中医面临着挑战	179
中西医的差异	182
科室负责人的责任	186
面对医疗改革	189
中医的科研要创新思路与方法	192
尊经注经遗风阻碍了中医学发展	197
中西医的理论结合与工作结合	201
创办国家级杂志	204
硕士研究生应提高临床诊疗水平	207
下大力气寻找中医的科研方法	211

颐养篇 / /

退休——走好人生的后半程	216
第一次出远门到加拿大	218
说说我孙女	223
召回来了没有？	225
我在多伦多坐堂看中医	228
选择练习书法	231
认真临摹是学好书法的不二法门	234
学书法与学中医	237
养女儿一样能防老	242

附1：武汉市东西湖径河李氏宗族寻根问祖的思考	247
附2：径河李氏大屋湾寻根纪实	263
后记	268
致谢	269

求学篇

读书不觉已春深

一寸光阴一寸金

白鹿洞

我发蒙时读的书

我小时候生活在长江水泛区的一个偏僻农村大屋湾,因被径河与东流港两条河流所包围,也被称为夹洲子,可谓十年九涝。父亲李敦芳在我七岁时,扛着桌子、提着板凳送我去学堂读书。那时候,读书的地方叫学堂,或者叫私塾学堂,不像现在叫学校,而称呼老师为先生,或者教书先生。我们村的学堂开设在一栋闲置的民宅里,只有一位先生和十几个学生。学生是要自带桌椅的。学堂的课桌五花八门,有长条形的,有四方形的,还有圆形的,而且还高矮不一。一眼望去,仿佛走进了一个废旧桌椅收购站。

孩子长到了六七岁,健康活泼,不仅增加了父母的一份喜悦,更增加了一份责任:"我们的孩子也要上学了啊!"在我"发蒙"的那个年代,还没有"不要让孩子输在起跑线上"的说法,只是觉得别人的孩子能读书,我们也要送自己的孩子去读书。读书的目的也简单明了:让孩子长大了能认识自己的名字,能书写自己的名字,还会算简单的账目。至于别的想法,估计家长们也想不了那么多、那么远。就算有人想到了什么,一般人也办不到。在旧社会,农村的孩子只要平安长大,身强力壮,会种田,有饭吃就满足了。所以我所在的村,在解放前,就算有人读了书,也就是读了两三年书的水平。还有不少人根本就没有进过学堂。

其实，那时候的私塾教育也是分阶段的。一是启蒙教育，所谓发蒙，即识字教育，一到两年；二是读书教育，三到五年；三是开讲、开笔、作文教育，五到八年；四是八股文完篇、练习揣摩，参加科举考试阶段，八到十年。

我所在的村叫李氏大屋湾，村民的祖先大多是明初洪武年间"江西填湖广"时移民到此的，我还没听祖上传说有人中过秀才的。我们村处于比较封闭的偏远地区，父母想让孩子多读点书也没办法，私塾先生只会教学生认字、写字、打算盘，别的他也不会。到城里去读书，那是想都不敢想的事。吃饭怎么解决？住哪里？这些基本生活问题都解决不了。所以，大部分孩子选择在家门口读几年书，再随父母下地干活，那是唯一的出路。

在私塾读书，私塾先生是主体，学生读什么书，上什么课，一切由私塾先生说了算，就是学生家长也得服从。私塾先生上面也没有什么管理机构，一切全凭先生的主观意愿。

1920年1月20日，当时的中央政府北京北洋政府颁布新法令废除文言文，推广使用白话文。在此之前，1920年1月12日，北洋政府教育部也颁布了法令，废止文言文教科书，改用白话文。我发蒙识字时读的是"人手足，刀尺，山水田，狗牛羊，一身二手，大山小石，天地日月，父母男女"等。这些字就是在那时背熟的，或者像唱歌一样唱会的，所以快八十年了至今不忘。后来才知道，这本书是当时的商务印书馆1912年版的初小国文教科书。我就是读这本书起步的。我在旧社会上学,就只学一门国文,叫单科独进,课程进度,视学生接受能力而定,学生接受能力强的,一学期学一册书,甚至一学期学两册书;学生接受能力弱的,两学期学一册书也是可能的,真是因人施教。

私塾先生授课三部曲

我所在的那所私塾的学生是有高低年级之分的，但都混坐于一室。年级低的坐教室的前面，年级高的坐后面，其他的坐中间。教室里没有讲台，代之的是先生的一张办公桌，哪个年级的学生要上课，就围着先生的办公桌，面对着先生站着就行了。因为各年级都只有国文这一门课，所以尽管年级不同，授课模式基本上是一样的。

先生先把当天上课的内容给学生通读一遍，然后再领读两遍，接着就是把难认、难写的字进行板书，着重强调读音的正确与笔顺的先后。至此，这个年级的课结束，就轮到下一个年级了……学生回到座位后，就自己反复熟读课文，直到能够背诵为止。基本上每天如此。

熟读课文以后就是磨墨写字。先生规定每个学生每天必须写四行小字、一页大字。写大字得照帖临摹。写完送先生朱笔批改，先生认为写得规范、写得好的字，以红圈鼓励。

先生推荐我临柳公权的《玄秘塔碑》帖。现在有点明白，先生之所以选这个帖，可能是他认为颜体虽用笔浑厚，笔力雄强厚重，但显得有点臃肿、没有骨架。柳体则结构严谨，方圆兼备，清爽俊朗，骨力十足。这只是我现在的推测。当时我临的就是柳体帖。

每天十几或二十几个学生同在一个教室,各上各的课,各读各的书,各写各的字,互有影响是难免的。尤其那全教室的琅琅读书声,说它是诵读交响乐也不为过。

解放前,中国穷,也只能这样。现在不同了,不管你走到哪里,学校的房子都很好,场子也大,国旗在操场上飘扬。农村城市都有一句话:"再穷也不能穷了教育。"

进入新中国的公立学校

我从1946年下半年开始读书,到1949年底,经历了五位先生,读了四个学堂,像参加了读书游击队。记得有一位叫沈良夫的先生,1945年他因病返回故里,在私宅办起了义学,专收穷苦人家的孩子读书,分文不取。我也曾在他的教导下读过近一年的书,受益匪浅,到现在大家都还在深深怀念他的无私奉献。

在我读了近三年私塾,按照我们家乡的习惯就要毕业的时候,武汉解放了,随后新中国成立了。一所新学校设在徐湾李姓祠堂,名为武汉市三店区夹洲乡小学。这是整个夹洲子地区第一所由政府兴办的学校。

政府号召,不识字的要扫盲脱盲;到了上学年龄还未读书的要读书;正在读书的要继续读书。学校一开学,报名读书的学生众多。学生全都来自夹洲乡辖区。1950年春天,我村私塾停办,学生统一去新成立的夹洲乡小学学习。

在私塾,我三年不到就学完了当时的国文高小二册,相当于小学五年级下学期的课程。到了新学校,老师为了测试我们的水平,进行了国文与算术两科的考试。考试的结果是我们的国文成绩达标,算术(即数学)连简单的加减法都不会,因为我们根本就没有学过算术。

鉴于此,老师决定让我们重新从二年级上学期的课程开始学起,重点补习算术课。经过一年的努力,到1950年底,从二年级上学期到四年级下学期所有课程的考试,我们全部合格,顺利升到五年级。到1952年春季学期结束时,我们六年级上学期的课程也都考试合格。

我的土改记忆

武汉市市郊土地改革始于1951年3月，结束于1952年12月，土改时我所在的乡村属武汉市管辖。当年土改队进村与贫下中农同吃同住的情景我仍记忆犹新。土改队组织我们小学生加入儿童团，参加土改政策的宣传活动，参与村头路口放哨、查路条等活动的情况至今未忘。

土改前我家6口人，仅有3斗田（1斗田约合0.4亩），另租种别人的闲田6斗5分，兼做点串乡走村的小生意。照说，我家划为贫农成分是可以的，而实际上是划为小贩成分。我父亲也未提出异议。土改时我家分得土地8斗5分，加原有的3斗，合计有田1石1斗5分。依然种了5斗租田，种植面积是显著扩大了。只要不是水灾之年，打下的粮食是足以保证全家口粮的。土改复查时，将我家的成分由小贩改为贫农。

土改时，我年纪还小。印象很深的是当时很多农民通过参加业余夜校学习，由完全不识字到认识一两千个汉字，达到了扫盲、脱盲的目的，提高了对中国共产党的认识，增强了对党的感情。土改后农民的生活水平普遍提高，贫雇农子弟入学量猛增。

考中学？到哪里去考？

从幼时上私塾到新中国成立后进入政府办的乡小，我从未听说过"中学"这个词，我们家乡的人也从来没有听说过有人读过中学。中学在哪里我们也不清楚。大约是1952年6月，老师突然对我们说："你们几个要准备去考中学了。虽然你们还差半年毕业，先去考考看。"

我们都不知所措，到哪里去考中学？

我所在的大屋湾，在新中国成立之初，仍归汉阳县管辖。1951年7月成为武汉的属地，由三家店区管辖。1952年7月，三家店区撤销，复归汉阳县管辖。也就是说，如果我们要考中学，只能报考汉阳县辖区内的中学。在1952年，整个汉阳县全境仅有汉阳县一中与汉阳县二中两所中学。汉阳县一中在汉阳县城蔡甸镇，而汉阳县二中则在汉阳县最南边的萝山街上石桥。

新中国刚刚成立不久，百废待兴，教育事业发展水平很低。旧社会留给新中国教育的是一个烂摊子，文盲半文盲占总人口的80%以上，学龄儿童入学率仅有20%左右。新中国成立后，国家多次提出要贯彻教育为工农服务的办学方针，大力发展基础教育，扫除文盲，提升工农的文化素养和教育程度，以培养社会主义全面发展的新人为目的。

1952年，汉阳县一中面向全县大量招收初中生。应届、往届小学毕业生均可报名。受旧社会教育的影响，有的学校教学年度的划分不规范。在汉阳县一中大举招收新生时，有的学生处于六年级上学期水平，对于这类学生，汉阳县一中也同意作为应届生参加小升初的考试，我就是属于这种情况。

对于1952年汉阳县一中面向全县工农子弟大扩招的形势，至少我们夹洲乡小学及考生家长是没有思想准备的。学校来不及给考生系统复习与补课，家长也不像现在，能给孩子找个老师进行一对一的补习与辅导。我们只能仓促上阵。但学校与考生家长对这次考试还是很重视的，考试的头一天，四名考生由两名老师与两名家长代表送考。约六十里路程，我们是划着小木船去的，船行经现在的西湖，上岸后再步行十余里，接着渡船过汉水，到达汉阳县一中所在地蔡甸镇。

当时正值盛夏，炎热、劳顿可想而知。那阵势丝毫不亚于现今父母、爷爷奶奶送孩子参加中高考的情景。只是时代不同了，现在的孩子小升初可以就近免试入学。当年的小升初考试，我觉得在形式上甚至比现在研究生考试还严格。我们白天考了语文、算术、政治常识，晚上还进行了面试口试。

有一件事，时至今日，我还记得特别清楚。当天下午政治常识考完以后，出来正好碰见送考的李老师，李老师就问我："考得怎么样？"

我说："不晓得。"

李老师说："哪些题答对了，哪些题做错了，都不晓得？"

我说："真的搞不清楚。"

从当时的情况来看,我确实是有点懵懵懂懂的。乡里孩子,从未出过远门,也没经历过这种考试,心里没有底是自然的。老师不问也罢,一问反而更加紧张。

李老师又问:"考了些什么题?这你总能说给我听听吧。"

我简单回忆了几道题目。

李老师说:"还有呢?"

我说:"还有填空题。"

李老师说:"什么填空题?"

我说:"蛮多的,比如有国庆节是几月几日。"

李老师说:"那这道题你填的是几月几日呢?"

我说:"我填的是十月十日。"

李老师一听,非常严肃地说:"你考个鬼,反动!"

晚上我仔细想了一下,十月十日是解放前中华民国的国庆日,难怪李老师要说我反动了。说句心里话,当时我根本就没想到自己能考上中学。

这里顺便说说这位批评我的李老师。他大名李仁佑,与我同住一村,是我李氏宗族的族兄。解放前,我在他宅子里读过半年私塾,解放后他被聘到夹洲乡小学任语文课教师。我们农村,每逢春节,家家户户有贴春联的习惯。自入腊以后,就有文人墨客在市肆檐下书写春联,以图润笔。祭灶之后,则渐次粘挂,千门万户,焕然一新。

那时,我们村的春联多是喜庆、祝贺、企盼之语。但也有例外的。记得在1949年春节前一两天,李仁佑先生给当时在汉口做工不很得意的族兄李仁廷写的一副对联就十分有趣。

上联是：三祝三庆三生有幸

下联是：一年一度一事无成

横联是：又是一年

可见李先生也是一个妙人。

小升初考试完了，正值暑假，也没有暑假作业，可以放开来玩。那一年大水还围着村子，出行不便，哪里也去不了。不像现在的孩子，考试完了想放松一下，可以天南海北四处游历。大多时候我们在村前屋后的水塘里钓鱼，或在种庄稼的台子上钩青蛙。天太热，图凉快，就直接泡在水里摸鱼玩。农村的孩子，也不讲究那么多，成天穿条短裤，打着赤膊，光着脚丫，浑身晒得黝黑光亮，雨水淋在身上都挂不住，直接滚落了。

考中学的事，没有人提，也没有人问，早已忘在脑后了。

到了八月中旬的样子，有邻人从三家店小集镇回来对我父亲说："考中学的结果发榜了，我瞟了一眼，好像榜上有义慎、义勇、仁康的名字呢。"我父亲一听，马上划船去三里路开外的三家店上看个究竟，果真如此。随后我就收到了汉阳县第一中学的录取通知书。开学后不久，汉阳县一中又发了一次补录榜。这样，我们夹洲乡小学参加考试的四人全部被录取了。在这以前，我们那从来就没有人读过中学，我们成了本村、本乡的首批中学生。

我考取了中学，父母从内心里感到高兴，但是马上就为14万元（约相当于现在的14元）的费用发愁。录取通知书上要求新生入学报到时交14万元的书本费及伙食费；如能评上助学金，所交的伙食费部分，按等级或部分或全部退还给学生。14万元，对于当时的农民家庭来说，真是一个不小的数目。家里哪有这笔钱啊？后来，父亲把家里的口粮谷子卖了2担，才算解决了这个问题。

一年扩招七百多名学生

汉阳县一中，1901年建校，校名几度变更，于1951年3月更名为湖北省汉阳县第一中学。1952年秋季，汉阳县第一中学招收一年级新生七百多人，这无疑是该校建校以来招生人数最多的一年。当时，国民经济在恢复和发展时期，百废待兴，国家一下招收这么多学生，是有远见卓识的。同时也说明翻身得解放的工人、农民及其子弟对文化知识的渴望与追求。这里面很多学生后来都成为社会主义建设的骨干力量和有用之才。

到底是县城里的中学，与我们乡里的小学真不一样。初一年级一至四班设在一栋平房里，每间教室都宽敞明亮，桌子板凳高矮一致，摆放得整齐划一。最令人新奇的是，每个教室都有电灯照明，那时我们整个东西湖地区及全县大多的乡村还没有用上电哩。我被编入初一（三）班，全班62人。每个教室门口的门框上都挂有班级标志牌，班主任的名字也写在上面，非常醒目。

学校的一切，都让我们这些从乡里走出来的孩子感到新鲜。

一下扩招了七百多名学生，对学校来说，困难是可以想象的。百分之九十的学生来自全县不同的农村，而且离学校很远，走读是不可能的，只能住读。住哪里？好在学校位于蔡甸镇西头，紧靠大街，多数商铺楼上的房间基本上是空着的，还有数家商铺楼上楼下都是空着的。学校就把这些空着的房间租为学生宿舍。我们一年级男生都住在几家商铺的楼上，打通铺、睡地板。女生则住校内专门的院子里。

到了二年级以后，床铺变为高低床。高低床当然比地板要好，但它也有一个大缺点——木质高低床的缝隙里容易藏臭虫。一到夏天，臭虫可猖獗了。臭虫叮咬，一是影响睡眠，二是被叮咬后可形成丘疹、局部红肿，甚至全身过敏等，还伴有瘙痒不适感。那个时候，有一种消毒杀虫剂，叫六六六粉，属于有机氯农药，常施于蔬果等农作物，对昆虫有触杀、胃毒和熏蒸作用，是一种广谱性杀虫剂，多用来防治果树、蔬菜、水稻、经济作物等多种害虫，对蚊、蝇、臭虫也有消杀作用。也不知是谁的主意，将六六六粉用水调成糊状，按压在木头床的各个接头处及铺板与铺板间的夹缝中，的确起到了杀灭臭虫的作用。

但其实六六六粉的毒性是很大的，在环境中存留的时间也长，不易降解，如果通过食物摄入，呼吸或者皮肤吸收，可严重危害人体健康。许多国家已禁止使用，我国也于1983年全面禁止生产和使用。现在回想起这事，真还有点后怕哩！

我们吃饭的事也值得回忆。每餐一千多个学生同时开饭，饮食卫生那可是丝毫也不能马虎的。没有食堂，各个班级教室前的空地就是开饭的地方。八人编为一"桌"（但根本就没有餐桌），一"桌"两盆菜，一荤一素，分盘吃饭，或蹲着，或站着，吃完了离开。如果遇上下雨天，各班教室就成了各班的食堂。

我读中学期间,生活水平很低。在蔡甸县城街上的饭馆吃一餐饭也不过六七百元钱（即现在的六七分钱）。为了招揽食客,有些小餐馆的老板娘还用高调的蔡甸腔吆喝食客用餐:"吃饭咧！吃饭咧！热茶热饭咧！吃了赶伴咧！"

我们汉阳县一中的伙食标准是每人每月七万元（即现在的七元）。伙食不错,多数情况下都有莲藕烧肉。莲藕真是个好东西,既好吃,营养价值也高。

1952年汉阳县第一中学招收了那么多新生,棘手的还有男生的生活用水问题。那时整个汉阳县,包括县城蔡甸镇都没有自来水,学校院内有一口机井,专供饮食用水。另一口土井,则专供校内居住的教师及女生的生活用水。我们这些住在校外的住读生,只能在附近的堰塘或水稻田里取水刷牙、洗脸、洗脚。遇到下雨天就困难了,因为堰塘、水田里都是含泥沙量很大的黄泥巴水。现在看来,那时的卫生、环境条件是差了些,但也没有别的好办法。

初中享受助学金三年

新中国成立后，广大劳动人民的子女终于能够享受平等的受教育权利了。国家为了使广大劳动人民的子女都能上得起学，尤其是小学毕业后能够继续接受中高等教育，从而为社会主义建设培养更多的人才，早在新中国初期，就实行了人民助学金制度，为家庭生活贫困的劳动人民子女完成学业提供了经济保障。

人民助学金制度包括申请、审核、等级标准、百分比数等具体规定。申请人民助学金的学生必须是学习努力，成绩优良，并愿为人民服务，家境贫寒，无力自给的学生。要经当地区、乡政府考察属实，有书面证明并附家庭成分、经济状况的详细材料。人民助学金的等级、金额依据申请者的经济情况分为甲、乙、丙三种。学生助学金申请表由校务委员会或人民助学金审核委员会审查并写出意见，报县文教局核准后由学校造册统一发放。

各校申报领取人民助学金的名额，每学期审核确定一次，由学校每月造册。

初中三年，我每月都享受了乙等人民助学金。我们班享受不同等级人民助学金的人数估计至少占百分之九十，因为百分之九十的同学都来自农村贫困地区。我们这些同学，若不是新中国成立,若不是有国家发放的人民助学金,那是根本进不了中学的大门的。

在新中国成立前,我们家乡之所以没有一个人读过中学,主要就是因为没人能上得起学。饭都吃不饱,哪有钱读书呢?真是两个社会两重天啊!

分班

1953年春季开学时,学校根据初一年级上学期的情况,对全年级进行了重新整合编班。这个年级的学生当中,有些大龄的学生。初一上学期期末考试时,大部分学生处于中等水平,也有少数学生成绩十分优秀,均分在85分以上。也有少部分学生成绩较差,有两门甚至三门功课不及格。鉴于上述情况,学校决定在初一下学期开学时进行编班调整。其调整的原则是:

一、凡年龄在十八岁及十八岁以上的甚至已婚的编入一个班。因为这个年龄段的学生可以说进入了成人阶段,思想也较为成熟,行为较为稳重,不宜与年龄太小的学生混在一起。

二、期末考试有两门及两门以上功课不及格的学生,可能进校前基础较差,或者是对新的学习环境不习惯、不适应,所以要专门编为一个班,适当减慢课程进度,并进行重点辅导与复习,使之尽快达到应有水平。

三、期末考试成绩均分在85分以上的学生,平时学习刻苦,接受能力强,学习自觉性高,学习潜力大。如果与一般学生混在一起,势必影响其学习积极性与潜能的发挥。把这些成绩好的学生编在一起,让其相互学习,相互竞争,相互促进,必能学出好成绩。

相信大家都听说过一句话,那就是"只有适合自己的才是最好的"。在1953年初,学校这样做,并不是为了追求升学率,纯粹是因人施教使然。让成绩好的、有能力的学生多学点知识也不是坏事。

除上述三个特殊班外,原有其他各班也进行了适当调整,在学生中并未造成什么不良反应与后果,教学秩序正常。

哪里响？三店乡

长江最大的支流汉水从西向东，横穿整个汉阳县（现已划归武汉市蔡甸区），使汉阳县分为南北两乡。汉水以南的区域统称南乡，汉水以北的区域统称北乡。我们家乡在汉水以北，在汉阳县的最北边，离县城蔡甸镇约30公里，是汉阳县最贫困的地区之一，各方面条件都很差，尤其是医疗条件。新中国成立前，渡头、三店、夹洲子三地，仅三店小集镇上有一家明友山开的小中药铺，群众有病多半是扛着、拖着，或搞点迷信活动祈求上天照应。因为实在是看不起病，真正找明友山看病的，也是少之又少。

1952年7月，考汉阳县第一中学前夕，我在村后被淹的水田里摸鱼时，不慎将铁丝扎进了左脚拇指，当时疼痛难忍，血流不止，但未作任何处理。第二天伤处感染，肿胀得像蛇头一样。我去县城蔡甸参加小升初考试时，连鞋都穿不上，是趿着一双木拖鞋去的。后来考取了汉阳县第一中学，就读中学了，伤口处还时时流水流脓，就是不愈合。

有一天，班主任通知全班同学利用晚上自习时间分批去校医室体检。进初中前，我从未与医生打过交道，如何体检，检查什么根本就不知道。有天晚上天黑了，轮到我去校医室，医生在我身上又是看，又是听，又是摸。当发现我的左脚拇指溃烂时,问我为何不治疗,了解我的情况后,又嘱咐我第二天来校医室治疗换药,然后对我说:"诊室外还有检查项目,你把体检表拿去,找护士继续检查。"

我把体检表递给护士后,护士叫我面朝前,坐在一张长板凳的前端,护士坐在我的后面。坐好后,护士问我:"哪响?"

我回答说:"汉阳县三店乡。"

护士提高嗓门、拉着长腔说:"哪响?"我继续说:"是三店乡。"

护士有点不耐烦地说:"什么三店乡四店乡的,我是问你哪里响?"原来护士是利用天黑,室外安静,坐在我身后,拉动音叉让其震动发声,以测试我的听力。

我这才明白了。

护士又一连问我三次哪里响。我都一一作了回答。最后她才说:"行,检查完了。"

"哪里响,三店乡",虽然说是件小事,却让我尴尬了一辈子。不光当时尴尬,后来一想起这事,就自感不好意思。直到今天,我还清楚地记得此事,真是给我留下的印象太深了。每当我将此事讲给我的孩子们听,他(她)们都笑我是乡里人,没见过世面。

我的烂脚趾,遵医嘱,换了不到两个星期的药就收口了,痊愈了。

我不会唱歌只会背歌

我在解放前读了三年私塾,断断续续地学唱了一首歌。歌词大概是:"树上小鸟啼,江畔泛影格,片片云霞,停留在天空间……"歌名是什么,可能当时先生未说,或者先生说过,时间长了,我不记得了。解放后的某一天,我们读过私塾的几个同学在那唱这首歌时,有位老师说:"这歌不能唱了,它有小资产阶级的情调。"当时我们也不懂什么是小资产阶级的情调,既然不能唱,我们就不唱了。

解放之初,我们乡里师资奇缺,小学根本就没有开设体育、音乐、美术课程。虽然我们也会唱《解放区的天是明朗的天》《没有共产党就没有新中国》《义勇军进行曲》《团结就是力量》等歌曲,但那都是在村夜校里跟着唱学会的。真正学习唱歌,是在1952年秋季进入汉阳县第一中学后,每周有音乐课,有专职老师上课。最让我震撼的一首歌是我入学后学唱的第一首歌,叫《我们要和时间赛跑》,格调明朗,朝气蓬勃,这首歌在学校千余人集会时合唱,有如江河奔流,大海涌潮,激人奋发,催人前进。

有一次上音乐课时,丁照群老师请黄兆俊同学将上一周教唱的歌唱一遍。

黄同学说:"我不会唱,只会背。"

丁老师说："你是会背曲子，还是歌词？"

黄同学说："我都会背。"

丁老师说："那你把歌词背给大家听一下？"

黄同学一字不漏地背完歌词后，丁老师赞扬说："黄兆俊同学学习精神可嘉，值得表扬，80分。"

到下一周上音乐课时，丁老师又点名黄同学起来把上周教唱的歌唱一遍。

黄同学说："我还是会背，不会唱。"

丁老师说："你背吧！"

黄同学背完歌词后，丁老师仅说了6个字："请坐下，60分！"

到第三次点到黄同学时，黄同学仍在说："我只会背，不会唱。"

这时丁老师说："我们是学音乐，学唱歌，不是背音乐、背歌。你今天晚自习时到我的办公室去一下。"然后又对全班同学说，"音乐家冼星海曾经说过，音乐是人生最大的快乐；音乐，是生活的一股清泉；音乐，是陶冶性情的熔炉。所以，我们要学会它。"

其实黄同学在班上的学习成绩是很不错的，为什么不会唱歌，不得而知，自从丁老师利用晚自习的时间与他交谈后，再也没点名黄同学唱歌了。

见到家乡英雄吴运铎

我记得初中二年级上学期的语文课本中有一篇文章，题为《枪榴弹是怎样制成的》，讲述的是军工传奇人物吴运铎的故事。在抗日战争时期，条件十分困难，一无资料，二无材料，他用极其简陋的设备研制出杀伤力很强的枪榴弹。所谓枪榴弹，就是利用步枪发射的一种小型炮弹。这种炮弹在抗日战场上发挥了消灭敌人的巨大作用，成为新四军和八路军的"撒手锏"。吴运铎为了研制部队急需的武器弹药，曾多次负伤，一条腿和四根手指被炸断，一只眼睛因被炸而失明，全身伤痕两百余处，被誉为中国的保尔·柯察金。

吴运铎是湖北省汉阳县（现武汉市蔡甸区）柏林庄人。大约是1953年，他回家探亲。当时汉阳县人民政府邀请他给全县好多单位作报告。我作为汉阳县一中的学生，有幸聆听了他的报告，我不仅在课本上读到了吴运铎，还亲眼见到了这个伟大的军工英雄，真的是感人至深，幸福至深，当时的情景我至今难忘。

1954年的大洪水致我家房屋倒塌

1954年夏,我国长江中下游地区持续暴雨,径流汇聚到长江和汉江后,形成一个个洪峰,全部聚集在长江与汉江交汇的武汉市,武汉被洪水围困。雨云持续笼罩武汉3个月,从4月开始一直到7月,每天不是大雨滂沱就是阴雨连绵,降雨总量超过1394毫米。据载,这一年的6月25日到7月27日,33天时间里只出现过3个晴天。1931年,长江发生全流域特大暴雨洪水,武汉关水位28.28米,而1954年武汉关水位却达29.73米,超过1931年1.45米。

当时我们东西湖地区不属武汉市管辖,也没有防洪堤坝,特别是当时的径河、三店、渡头、东山等乡,是受洪水灾害最为严重的地区。整个东西湖是一片汪洋。我的家就在东西湖区域的中心径河,径河乡所有的房屋被淹,居民都临时搬到了地势较高的吴家山附近居住。有一天晚上刮起了大南风,我村浸泡在水中的房子有一部分倒塌,有的还随风浪漂至异地。我家的房子在村子南边,虽然倒了,但未被冲走,也未漂走。当时正值暑假,我随父亲在齐胸深的水中打捞我家的房柱、门窗,整整捞了三天,也在水中浸泡了三天。

房子倒塌的那年冬天,我家得到政府的救助款60万元,是用来恢复重建房屋的。我父亲收到这笔款时,几乎惊呆了,60

万呀！这在当时可是一个天文数字。

在吴家山附近高地临时居住避洪时，我跟着父亲一起，也参加了在祁家山取土装船、再送武汉加高加固大堤的工作，那时我年纪小，挑一担土还有点吃力。连续干了多天，天太热了，热得受不了了就往水里一钻，生长在水边的孩子，可能都有这个经历。

我因急性血吸虫病差点休学

1954年秋季,我按时到学校继续上学。开学不到一个月,我生病了,每天上午高烧39℃,甚至40℃,下午自动退烧。大概烧了10天,校医室的医生为我在校医室搭了一个床铺,进行观察,治疗,也不能上课。大约观察了一周,高烧持续,学校给我父亲去信,父亲到学校后,商量决定送我去当时全县最大的医院汉阳县卫生院住院治疗。经诊断,高烧系急性血吸虫病所致。住院10多天,高烧退至正常,但身体仍十分虚弱。出院后的第二天,我回到我的三年级五班上课了。

我的班主任是杨诗慧老师。她是一位对学生非常负责任的好老师,待学生如同子女,时至今日,我都还印象深刻。杨老师见我病的时间长,缺的课程多,加之刚出院身体虚弱,劝我留一级,回家养好身体再复学。经过考虑,我对杨老师说:"让我继续跟着班上同学一起学习吧,如果期末考试不及格的学科太多,再决定是否留级的问题。"期末考试后成绩揭晓,历史、地理不及格;因我病的时间太长,体力差,不能跑跳,体育缺考;其他科目虽然成绩不理想,但都及格了。因为历史、地理是跨学年的课程,三上三下学期都有课,三上学期不及格,也暂不需要补考,看下学期考试结果如何,如果下学期期末考得好,上、下两学期的平均分数达到及格水平,则可以不用补考,算该科考试成绩合格。

"屙尿洗萝卜"引起的风波

读初中时,我们班主任倡导班上每个同学轮流写班级日记,简称班记,记录一天当中本班所发生的"大事情",重点以学习、生活上的事情为主,基本目的是鼓励和表扬好人好事,指出同学存在的缺点和不足,共同进步。同时也是为了提高和锻炼大家观察和判断事物的能力,培养大家的集体荣誉感和写作水平。当天的班级日记写好后,下晚自习前要交班主任审阅,次日,班主任再利用适当的时间对全班同学进行讲评。

有一天,何崇本老师上课时嘱咐同学们要注意个人卫生,认真做好个人卫生,有利于身体健康。但他在要求同学们认真做好个人卫生的同时说了一句话:"不能像乡里人一样,讲屙尿洗萝卜的卫生。"这话肯定全班同学都听清楚了,估计也听懂了,但并未有人提出异议。而这天写班记的同学把这句话写在当天的班记上了,并认为这话说得不好,起码是对"乡里人"的不尊重。

当班主任看到这个意见后,专门找何老师咨询和核实有关情况。何老师本意是要求大家切实搞好个人卫生,不能马马虎虎。何老师也意识到当时说"屙尿洗萝卜"是不对的,考虑不周,特向同学们表示了歉意。第二天班主任对前一天的班记进行了例行点评,重点谈的就是"屙尿洗萝卜"这件事。班主任说:"我找何老师了解了情况,他自己也感到他昨天讲的话不对,对学生产生了不好的影响,请求大家原谅。"班主任接着说,"肖同学把老师讲的话写在班记上,并加以评论,这说明肖同学还是有比较强的是非分辨能力的。而且他把对何老师的看法只写在班记上,并没在同学中乱讲,这还是维护了老师尊严的。"班主任还说,老师有缺点、有错误,学生可以批评,只是要注意对象、场合,尤其要注意方式方法,这些,肖同学是做得很不错的。紧接着班主任还谈到了批评与自我批评的重要性,恰如其分地对我们进行了思想政治教育。

这件事已经过去了七十年,我之所以还记得,是因为我十分佩服当年的班主任分析、处理问题的能力和水平,她真是一位教导有方、诲人不倦、循循善诱、德高望重的好老师,她值得我们永远敬佩和怀念。

> 长风破浪会有时
> 直挂云帆济沧海
> ——《行路难》

初中毕业了

1955年春季学期结束时，我因病误课太多而不及格的历史、地理课，也取得了不错的成绩，三年级两个学期的成绩一平均，及格有余。缺考的体育课补考也合格了。这样，我总算是顺利地完成了各科的学习，成绩合格，按时毕业了。1955年汉阳县一中发给我的毕业证至今已69年了，仍完好无损。这是一张纸质证书，横长39 cm，竖宽34 cm，证中文字均为繁体字，从右向左竖式排列。"毕业证书"四字及边框为红色，校名处盖有"湖北省汉阳县第一初级中学印"的印章，红色，此方形印章如同一块豆腐块大小。落款的年月处是"湖北省教育厅"的红色圆形印章。骑在本人照片上的则是学校教学处的蓝色圆印。校长王建国三字为行草书，竖式，着蓝色印泥，显得庄重严肃。

从初中毕业离校到2022年的这67年间，我一次也没有回过汉阳县一中，不去，不等于不怀念，不想去。依稀记得1957年6月上旬，湖北省汉阳县第一中学的部分学生为了提高升学率问题而自发地进行罢课、请愿活动，被称为"汉阳县一中事件"。发生这件事时我已经离开学校了，但还是有所耳闻。事关母校，我特别关心，却一直没有合适的机会再回母校。直到2022年，机会终于来了，才顺道去了一趟我久违的母校。学校已搬到了新址，因汉阳县已于1975年划归武汉市管辖，1992年9月12日经国务院批准撤县改区，成为蔡甸区，汉阳县一中也更名为蔡甸一中。这次我是有备而来，因为疫情期间，学校都实行了严格的封闭管理，一般情况下，是不允许陌生人出入的。那天是个星期天，学校例行放假，大门紧闭，仅开着一扇紧靠保安室的小侧门。我先在校门口的校牌下照了一张照片，就径直走向学校保安室，要求值班保安人员让我进校参观一下。保安回答说："现在是疫情期间，学校规定，陌生人一律不得入内。"保安的态度还是热情、诚恳的。

过了一会，我对保安说："我有特别通行证，能否让我进去看看？"

保安说："你有什么特别通行证？"

保安说完后，我不慌不忙地从包里取出我那张1955年的汉阳县一中的毕业证书，两位保安展开我的毕业证，边看边说："老校友，老校友，快70年的老校友了，就凭您这老资格，我们也没理由不让您进去看看。"接着说，"老先生，您这么大年纪了，进去看看吧！"

我连声说："谢谢！谢谢！"

进到校内，走向门口的大操场，环视四周，汉阳县一中（实为蔡甸一中）尽收眼底，与1955年的老校园相比，那只能用焕然一新来形容。考虑到学校防疫的安全，我只站在操场上拍了几张照片就离开了，也了却了我近70年的夙愿。在82岁高龄之际，我终于回到了我的母校。

初中毕业了干什么

1955年五六月份，离初中毕业仅有一个多月的时间了，并没有什么人谈论毕业后干什么的问题。我们班90%以上的同学来自农村，不少人初中都是勉强才读下来的，根本没有再继续读书的打算。很多学生的家长没有什么文化，或文化水平不高，也不知道孩子初中毕业后能干什么，加之农村家庭穷，也没有让孩子继续读书的底气。那时的学生也比较单纯，接触社会也少，信息不灵通，也没见过什么世面，毕业后还可以读什么书、干什么事，心里都不清楚，不像现在的孩子，对读书的流程从小学到大学那是了然于胸。依我现在回忆，那时我们最充分的准备是中学毕业了回去种田。

有一天，班主任老师突然在班上询问起同学们毕业后的打算，但没有一个人回答。班主任也是有备而来，她说："你们不说，我来帮你们当参谋……"她详细地把初中毕业后可能的出路一一作了介绍，鼓励有条件读书的同学尽量争取继续读书。资料显示，1955年全国总人口为6.14亿，当年毕业的大学生是5.5万人，初中毕业生才87万人，说明当时初中及初中以上文化程度的人是很少的。一个初中毕业生在当时虽然算不上什么大学问家，至少可称得上是一个小小的知识分子，只要你肯干，在农村当个记工员、会计，或供销社的售货员，并不是什么太难的事。碰到机会好的，说不定还能被推荐到最基层去当个小小的办事员。一句话，那时的就业形势比现在宽松得多。

星期天回到家，我把班主任老师给我们说的毕业后可能的去向也向父母作了介绍。

父亲说："我们孝感地区16个县，只有长江南边紧靠湖南的咸宁和长江北边紧靠河南的孝感两县各有一所高中，你要是考上了其中的一所，哪怕是全部解决了伙食费、住宿费、学费的问题，你每一两个月回一趟家的路费（火车票钱）我们也解决不了。再说，读了高中还要读大学，加起来得七八年，周期太长了，家里撑不住。"

我说："那就考个中专，一是中专吃住不要钱，一般读完三年毕业，可以分配工作。"

父亲说："这个可以考虑，至于读什么中专，你自己作决定，万一考不上，到时候再从长计议。"

我母亲的意思也是倾向于我考中专，主要是考虑我年纪还小，如果不读书，马上参加农村劳动恐怕吃不消。

那一年我初中毕业时，有好多湖北省的、武汉市的中专学校在我们学校招生，读哪类中专，我认真考虑了好几天，最后决定考医学类中专，报了个医士专业。为什么选择医士专业呢？我认为人吃五谷杂粮难免生病，当医生既能为病人服务，同时如果自己生病，还可以自己照顾自己。加上我刚入初中时脚趾头溃烂、1954年时患急性血吸虫病都是医生解决的，让我深感学医实用。

升学考试的几何题漏做了

现在还记得,那时中专考试只考了三门,有语文,再就是数、理、化合卷,还有政治常识。最先考的是数、理、化合卷,进了考场以后,按考号对号入座,坐下后发现试卷已平整地展开在桌子上,拿起笔做题就行了。监考的老师中还有些没见过的老师,后来听说是省里派下来的监考官员。我填好了考号,写上姓名,开始按顺序做题,三下五除二,约莫一个小时多一点,我就把卷子做完了,自己很自信,也没认真检查,就交了头卷。

出了考场,看见王建国校长坐在办公楼前的藤椅上,他问我:"你怎么出来得这么早?"

我说:"做完了就出来了。"

王校长问:"你答得么样呀?"

我说:"好像都对了吧。"

我把数学、物理、化学答题的大致情况说了一遍,王校长接着问:"几何呢?"

我说:"没考几何。"

王校长说:"有几何题呀。"估计校领导想了解试卷的难易度,可能头一天看过试卷。

我说:"没看到几何题。"

经过王校长提醒，才知道原来几何题在试卷的反面，我正面做完后没翻面，把几何题做漏了。王校长这一说我心里凉了半截，心想这下完了。

王校长安慰我说："掉了就掉了吧，不要老想着这事，影响下一门的考试。"我这人呀，就是我父亲早就评价过了的，做事有点"毛三快"，说白了，就是不够细心，关键的时候出岔子。

升中专的考试考完了，学校也放暑假了，同学们都回家了。回到家里，父母也问过我的考试情况，我一句"考得不怎么样"，父母也不再细问了。回家时，正是农忙时节，我帮父母做些力所能及的事，比如插秋秧。中专能否考上，家里没给压力，我自己也没有负担，好像无事一般，也不去打听，也没有地方打听，反正做好了考不上的思想准备。

大约到了8月份，我收到一封湖北省武昌医士学校的来信，通知我某月某日去武汉市第二工人医院（即现在的武汉市第四医院）进行体检，不久以后又收到了湖北省武昌医士学校的录取通知书，要求9月1日去学校报到。

收到了录取通知书，我有点自我心理安慰，心想我可能还是考得不错的，虽然几何部分漏做了，但还是被录取了。现在想想当时的情景，可能并不一定是我当时考得不错，而是那时报考中专的人少，竞争性不大，加之政府有意照顾贫下中农子弟，所以我才有继续读书的机会。

去省城读书

我的小学是在家门口上的,读中学去了县城,这已是跨越了一大步,现在又要去省城了,去我从来没去过的武昌读书,自然有点兴奋。我的老父亲又亲自挑起我读初中时的那一套行李,一直把我送到武昌的湖北省武昌医士学校,那时长江上还没有大桥,我们是在汉口乘轮渡过江到武昌的。

到底是省城的学校,与汉阳县一中大不一样。汉阳县一中建在县城西边的黄土坡上,是一座对外完全"开放"的、没有围墙的学校,有的教学楼还建在农民的菜地里,好多农民的菜地就在学校的楼栋与楼栋之间。武昌医士学校建在武昌长江边,有院墙环绕,自成一家,校内楼宇房舍比较密集,北门马路对面是湖北医学院,南边一墙之隔就是鼎鼎大名的武昌造船厂,武昌医士学校在当时是全国有名的四大医士学校之一。

1955年学校实行的是供给制,不收学费,同时提供免费住宿及伙食,甚至偶尔还有服装补助,并发放一定额度的津贴,用于购买洗漱用品等基本生活用品。1957年冬天,我就得到过学校资助的一件崭新的棉袄。从进入医士学校起,我每月还能享受到丙等的津贴补助,直到毕业。对我们这些农村孩子来说,学校伙食不错,菜有荤有素,还可以预约点菜。有一次,我见菜单上有红白豆腐,不知是何物,晚上打菜时才知道是猪血烧豆腐。

乡里孩子进城尽出洋相。从小学到初中，不管天晴下雨，大白天我们是从来不穿鞋子的，只有晚上洗了脚后到上床前穿一会，是典型的"赤脚大仙"。刚到武昌医士学校，我也是旧习不改。入校后不知过了几天，我碰到了我们原来的小学老师，能在一个陌生的地方遇到熟人，那是很高兴的事。

孙老师说："你以后再见到我就别叫我老师了，我现在也是这个学校的学生，只是比你高两届。"随即指着我的裤脚说，"进城了，要把裤脚放下来，穿双鞋子，不能和在乡里一样打着赤脚到处跑了。"

孙老师说了以后，我才改掉了卷裤腿、不穿鞋到处乱跑的习惯。毕竟有三年初中独立生活的经历，到了新的环境，总体还适应，何况武昌医士学校的条件比汉阳县一中优越得多，就是晚上睡觉时觉得外面的响声太大。

1955年9月1日武汉长江大桥开工

我是1955年9月1日到湖北省武昌医士学校报到，正式成为一名中专生的。而武汉长江大桥也于同日正式开工，开了长江建桥史的先河。刚到武昌医士学校时，我还不知道万里长江第一桥——武汉长江大桥已经动工兴建，后经打听，才知道原来晚上那巨大的响声是大桥工地上250吨重打桩机传来的声音。

1957年大桥通车前，我已从武昌医士学校转学到汉口医士学校。特别感到自豪的是，我们全校师生一起参加了武汉长江大桥汉阳桥头填土的义务劳动及1957年10月15日的武汉长江大桥通车盛典。

我一辈子没戴过红领巾

我小时候参加过土改工作队组织的儿童团,当时做的事情还多少记得一点。一是协助大人在村口路边站岗放哨、查路条,防止坏人到处乱窜,搞破坏活动;二是有时与大人一起打更巡夜,防火、防敌、防盗;三是偶尔担任小通讯员,帮助送通知。有一次,我单独送一个通知到三四里外的一个村庄,当中还隔着条小河要乘渡船,待我到目的地时,却发现通知弄丢了,我吓得哭着返回原处,乡干部并未批评我,还安慰了我几句。

但儿童团与少先队是两码事,我读中学前在读的小学还没有建立少先队组织,到了中学,看见班里有几个戴红领巾的同学,才知道有少先队组织,学校还有专职的少先队辅导员,组织少先队的活动。到初中二年级,我鼓足勇气向少先队组织递交了一份入队申请书,结果未被批准,有的同学还说我"假积极"。经过这次挫折,我再也没申请过加入少先队了。我一辈子没戴过红领巾,不能不说是一大遗憾。

启发你的人

有一天晚饭后,同班同学余友政约我到学校大操场上走一走。

到操场后,他突然问我:"你怎么不申请入团呀?"虽然我知道他是团员,但压根儿都没想到他会向我提出这个问题。这一问,真还有点点燃了我内心进步的火花,自从在中学申请入少先队受阻后,我再也没有申请加入组织的勇气了。

我回答说:"我连少先队员都不是,哪还能入团啊?"语气明显有点悲观。

余同学说:"入队的事情就算过去了,问题是你现在有没有入团的想法?"

我说:"有是有,但是入少先队我都不够条件,入团我就更没有信心了。"

余同学说:"你若有要求入团的想法,就得向团组织表明态度,提出申请,条件不够,可以创造,组织上也可针对你的情况进行培养帮助!"他接着说,"根据前一段时间我对你的观察与了解,你的基础条件还是有的,只要你按团员标准努力,加入团组织还是有希望的。"随后,他还说了些肯定我成绩的话。你别说,这还是有点鼓舞人的。

在余同学和我谈话后的第三天,我就向团组织递交了入团申请书。

　　要入团，你还得要有实际行动。1955年进入医士学校时，学校就号召全校师生员工积极参加除四害运动，要把这项运动当成一项政治任务来完成，要因地制宜，就近除四害。我们有时利用午休时间到学校附近的菜市场拍打苍蝇，或者利用星期天休息的时间到郊区农村已收割后的水稻田里寻鼠洞、挖老鼠。中午回不了学校，还要忍饥挨饿。挖老鼠的战果是交老鼠尾巴，余友政同学出身农村，可谓挖鼠能手，业务娴熟，当时我们交的鼠尾是最多的，余同学的挖鼠事迹，当年的《长江日报》还报道过。

　　到1956年3月9日，团组织讨论了我的入团问题，认为我基本符合一个共青团员的要求，支部全体同志一致同意我加入共青团。

转校

到1956年秋季开学时,我才知道当时武汉地区有两所医士学校,坐落在武昌的为湖北省武昌医士学校,隶属于湖北省卫生厅;坐落于汉口的为湖北省汉口医士学校,隶属于武汉市卫生局。到要转校时,才知道这两所医校的专业性质与培养目标是不尽相同的。湖北省武昌医士学校开办的是临床医学专业,是培养临床医士的;而湖北省汉口医士学校开办的是预防医学专业,是培养卫生医士的。为充分发挥两个学校不同的专业特长,使教学资源得到充分运用,上级决定,两校按不同的办学目标进行调整,将武昌医士学校的卫生医士班整合到汉口医士学校,以利于教学工作的开展。

就这样,在1956年秋季开学时,我们1955级的两个卫生医士班就转到了湖北省汉口医士学校。汉口医士学校位于汉口利济北路与解放大道交界处,从规模上看,比武昌医士学校稍小,但学校的办公楼、教学楼、宿舍、礼堂等不比武昌医士学校差,条件还是很好的。

我们在武昌医士学校学习了一年的时间,主要学的是基础文化课,如语文、数学、物理、化学、生物,及部分医学基础包括解剖、生理等。到汉口医士学校,除继续学习基础课程外,还要学习内科、外科、儿科等临床医学课,重点课程为与专业密切相关的劳动卫生、营养卫生、学校卫生、食品卫生、流行病及传染病、消毒后毒物检验有关的分析化学等。

医士学校有半年的毕业实习时间,作为临床医士,主要在各有关医院进行各科的实习,而卫生医士学校的学生除了要到有关医院进行临床实习外,重点还要到市、区卫生防疫站,以及有关大型厂矿企业进行与预防医学有关的专业实习。

团干班学习的插曲

我读中专的那三年，经历了不少政治运动。刚进武昌医士学校时，学校正在开展肃反运动，紧接着就是农业合作化运动，先是成立初级社，继而成立高级社，再就是成立人民公社。刚成立初级农业合作社时，学校还组织我们去当时的武昌县纸坊镇花山初级农业合作社参观。到1957年，我们在汉口医士学校又经历了反右派斗争，不过，对于我们中专生包括高中生以下学生，学校都是进行正面教育，我们并未实际参加到运动中去。

1957年下半年，我参加了共青团武汉市常委举办的一个短期团干班的学习。当时我住在湖北省供销合作社紧靠解放大道的宿舍里。有一天早上起床时，同室的几个人竟发现睡觉前脱下的衣服都不翼而飞了。警察判断是小偷在窗户外采用"钓鱼"的方式把衣物"钓"走了。小偷"钓"走了衣物，闹得我们出不了门，只能待在宿舍里。等到上午10点左右，丢掉的衣物"完璧归赵"，小偷被抓住了，不到三个小时就破案了。

一床蚊帐感动我一辈子

王秋善是我的初中同学,毕业后他分到武昌造船厂工作,与我就读的武昌医士学校仅一墙之隔。他有空就来我们学校看我,他的单位我却一次也没有进去过,因为他们厂前大门口有个大牌子:工厂重地,闲人免进。

1957年暑假前的一个星期天,王秋善专程从武昌来汉口医士学校看我,去了我的宿舍,闲谈中,知道我们宿舍蚊子多,我却没有蚊帐,他当时也没说什么。中午,我在学生食堂买了一张七分钱的进餐券,招待他共进午餐。午饭后他约我到大街上逛,走到汉口解放大道万松园路口,我随他一起进了一家百货商店,他对售货员说要买一床单人蚊帐。付了钱,我又随他一起往回走。走到我们学校的大门口,他说:"再到你的宿舍去一下。"

我问:"有什么东西忘在我那里了?"他也没吭声。进到宿舍,他竟把刚买的新蚊帐,四方四正地挂在了我的床上。我感动得竟说不出话来。他离开我学校时,我眼里还闪着泪花。

一晃几十年过去了,1986年我转业到协和医院,一次偶然的机会,通过一个住院病人打听到他因为三线建设需要,早已离开了武昌造船厂,调到九江去了。

功夫不负有心人,后来我们终于联系上了。他来过我家两次,我们见面了真是无话不说,但他从未提及蚊帐的事。在20世纪50年代,一床单人蚊帐需要4元多钱,那时他一个月的工资才二十几元。在中学读书时,我们常叫他"十八岁",因为他当时已结婚、有孩子了,也就是有家庭负担,可是为我花钱那是毫不犹豫的。

我说了好多次,在我有生之年,要找机会去江西看看这位老哥哥。可是因为新冠疫情,看望他的计划是一拖再拖,等到2020年底,噩耗传来,他已离开了我们。

> 春风得意马蹄疾
> 一日看尽长安花
> ——《登科后》

我被保送了

那是1958年6月，对毕业班的同学来说，面临着毕业后去哪里的问题，学校要求同学们服从国家分配，到祖国最需要的地方去。汉口医士学校虽属武汉市卫生局管辖，但学生系全省分配，大家不担心毕业了找不到单位的问题，只考虑去的地方和单位合意不合意。后来得知，我班42人毕业，除1人未服从分配而未去上班外，其余人都按学校安排愉快或不愉快地去了被安排的地方。

在毕业分配名单公布前两天，我班的调干生同学，校党支部委员刘士喜特地给我透露了一个我做梦都不曾想到的消息。他说学校不给我分配工作，而是保送我去上大学。听到这个消息，我既感意外，又真有点激动，因为这是我未曾想到的，也毫无思想准备的事。当时心里还有点乱，喜忧都有。学校这样信任、培养我，我怎能不高兴，然而，忧心的是，我还要继续读几年书，家里不知能否承受得了。

刘士喜同学真不愧为受党多年教育，又是经过战争考验的军转干部，当他了解到我的想法后，语重心长地对我说："你要珍惜这次难得的机会，回家给父母报报喜，再给父母做做工作，请他们再过几年苦日子，相信他们会大力支持你的，因为这是好事嘛！"并对我说，他这次也被保送了，今后有什么困难可以共同克服。

回到家后,我向父母报告了学校保送我上大学,要继续读书的事,父母亲俱是一愣。

父亲说:"事情倒是个好事情,还要读书?"

母亲连着问了几个问题:"还读几年?""你们班里有几个人被保送?""在哪里读大学?要钱不要钱呀?有没有时间短一点的大学?"

父母一连串的问题,是我当时都没有想到的,问得真够仔细的,我一一作了回答。

父亲说:"那就好好听话,读吧!"

母亲说:"你读点书真像过坎一样,本来私塾读个几年就起坡的,结果解放了。小学读完了还读了中学。以为中学毕业了就上岸的,哪晓得还能读上中专。现在又读大学,是祖宗八辈子都没有的事呀,那就争点气去吧,我们何尝不想你读大学呢?靠自己,那是肠子痒抓不够呀。好好读,读出来好好为国家干事。"

说实话,我读书也确实不容易,根本没有长远的计划,像吃甘蔗一样,吃一节,削一节,吃到哪里,就到哪里。说是像"爬坡过坎"一点也不错,如果没有国家的助力,那是绝不可能的。我们村、我们乡那时还真没有一个人读过大学哩。我暗下决心,绝不辜负父母的期望,好好读书,对得起国家、对得起党。

往哪里保送

1958年5月，中国共产党第八届全国代表大会第二次全体会议根据毛泽东的倡议，通过了"鼓足干劲，力争上游，多快好省地建设社会主义"的社会主义建设总路线。基于当时的形势，全国各省市、各行各业都在想方设法地发展自己，当时湖北的教育战线也不例外，创办了不少各种新的专业高等学校，其中，武昌医学专科学校就是1958年成立的新校。汉口医士学校往届的保送生多送到大连医学院，鉴于当时的形势，保送生一般不再外送，直接保送省内。因为我们是卫生医士毕业生，学校联系当时的武汉医学院，想将保送生送到该校公共卫生系学习，可武汉医学院一般不接收中专保送生。去哪里呢？只好去联系新组建的武昌医学专科学校，该校学制二年，这对于我们来说最合适不过了，可以说是"短平快"，既读了大学，学生及家长也能承受得了。这样，我们被保送去了武昌医学专科学校，实际上武昌医学专科学校是原湖北武昌医士学校"戴帽"而成的，但属大学专科性质。

1958年政治运动也多，如"大跃进"、人民公社化、大办钢铁等。我们进入武昌医学专科学校大概两个月，就以省医疗队的名义，被派去湖北松滋县大山区支援大办钢铁了。我那时从汉口医士学校刚毕业，虽然临床经验缺乏，但工作热情还是有的，吃在工地，住在工地，工作不分白天黑夜，只要有病人，随叫随到，有时晚上要走十几里山路去出诊，路上怪吓人的。我们的实干精神受到民众的普遍好评。1959年初，我还被评为荆州地区的劳动模范，大会还发给我一个红色的搪瓷杯，上面印有"劳动模范"字样。不凑巧的是，在我们从沙市返回武汉的小轮船上，我的"纪念杯"被人踩瘪了，真叫我难过了好几天。

中医学院成立与转院

1958年底，湖北省召开了中医工作会议，传达了毛泽东1958年10月11日对卫生部党组的指示"中国医药学是一个伟大的宝库，应当努力发掘，加以提高"和卫生部"保定会议"精神，张体学省长到会讲了话，对加速成立湖北省中医学院起到了重要的促进作用。1959年1月9日，卫生厅发文转湖北省人民委员会批复：在湖北省中医进修学校及其附属门诊部的基础上建立湖北省中医学院和附属中医院。1959年2月2日湖北省中医学院挂牌庆祝大会在武昌熊廷弼路51号召开。

1959年1月湖北省中医学院成立时，我们还是武昌医学专科学校的学生，很少有人关注湖北省中医学院成立的事。1959年武昌医学专科学校春季刚开学时，学校就动员学生转学去湖北中医学院学中医了。说实话，刚接触到这事，我是毫无思想准备的。第一，我们已有学校在读，自己也觉得满意，不能这山望着那山高；第二，因为不了解中医，所以我当时也不想学中医；第三，既然叫"中医学院"，肯定属于大学本科，学制肯定很长，对我们这些穷学生而言不适合。湖北省中医学院成立在春季，它没有学生，也暂时不会招到学生。怎么办呢？上级决定从我们学校动员一批学生转到中医学院学中医。这样，湖北省中医学院从武昌医学专科学校抽调了2个班的学生，编为中医学院58级581班和582班，正式成为湖北省中医学院的首届生，这是我由武昌医学专科学校转入湖北省中医学院的来龙去脉。

中医学院的学生是既要学中医，又要学西医的，只是中、西课时比例有所不同。考虑我们大部分人都是已经学过3年西医的，可以尽量减少西医课程，学制定为5年。但后来卫生部要求，中医学院一律实行6年制，所以我们的学制还是6年。这下差得远了，本来读专科2年就解决问题的，现在一下加码到6年，那我也没有办法，只能咬紧牙关，熬吧，一直要熬到1964年7月才能毕业。

中医本科教育该怎么搞

在湖北省中医学院组建的前两年,已经成立了以北京、上海、南京、广州、成都命名的5所隶属卫生部的中医学院,而湖北省中医学院则属省里领导,这是最大的不同。湖北省中医学院的成立,基本上算是白手起家,不管在硬件或软件上,离大学的办学条件要求是有一大段距离的。当时还有人调侃说,它是大学的牌子、中学的质量、小学的规模、幼儿园的活动。湖北医学院本是西医院校,不知怎的也心血来潮,招了三十几个人,成立了一个中医系。他们根本没有从事中医教育的条件和经验,突然就办起中医本科教育来,那还是有诸多困难的。于是,在1959年就把这个班转交给新成立的湖北省中医学院了。

1959年的时候,全国中医本科教育才三四年的历史,中医本科教育怎么搞,大家都在摸索中,不过,我觉得湖北省中医学院在创办之初,有两个方面抓得还是不错的。一是重基础理论,尤其是抓住中医经典著作的教学不放松,还特别强调读原句,重要的段子、句子要做到能背诵。二是抓临床实践,念得最多的经就是"久读王叔和,不如临证多",要求同学们学到两年时,要达到"汤头医生"水平。所谓"汤头医生",就是在学习中医基础理论概论、中药学、方剂学后基本能按照背诵熟的方剂汤头歌诀对号入座，初步处理病人，不要求精，强调能动手。学校又在学生三年级时，安排一次半年的阶段实习，要学生在老师指导下小试牛刀，一方面检验学生的学习成绩，另一方面还能激发学生学习中医的兴趣。

大概是1959年的下半年，学校又在极少数学生中进行了一次教学模式的改革与尝试。在58级三个本科班中抽出14名学生，完全脱离原来所在的班级，组成58级4班，指定中医理论造诣较深，临床、教学经验较丰富的14名教师对这14名学生进行一对一的教学指导。其内容归纳起来就是三个方面：首先，要根据带教老师的特长及该教研室的特点制定出学生精读经典著作的计划，精读的经典著作不得少于两门，在规定的时间内，基本达到读懂、弄通，大部分内容能背诵记忆；第二，跟师临床，跟带教老师一起查房、门诊、抄方，必要时对病人进行试诊，提出辨证结论，开出处方，带教老师批改审阅；第三，协助带教老师的教学工作，每次带教老师上课时要到课听讲，做好笔记，负责带教老师授课班学生的答疑解惑，协助批改作业等。

这个班还有一项特殊的要求：每个学生每周要向教务处交一页毛笔书写的大字，由教务处批阅。

我有幸也参加了这个班，我的指导教师是金匮要略教研室的熊魁梧老师。到第六年，我们这14名学生也参加了学校安排的毕业实习。毕业分配时，有人分到了校外、省外及部队，只有一部分留校了。这个班办得是好，还是不好，学校也没有进行总结。

调干生

新中国成立后，不知是从哪一年开始，凡是国有企业、事业单位和机关团体以及中国人民解放军系统的正式职工，经组织上调派学习或经本人申请、组织批准离职报考中等专业学校和高等学校的，都称为调干生。这是国家为培养工农兵出身的新型知识分子而采取的战略举措。由于他们的基础参差不齐，在进中专或高等学校正式学习以前，有的还要通过工农速成中学学习，或短期补习，以达到中专或高校所要求的同等学力水平，只是在录取时有个优先照顾而已。

1955年，我所在的中专班共有42人，有6名调干生，这其中，有的是参加过解放战争、抗美援朝的转业退伍军人，有的是在新中国成立前参加工作的文职人员。后来我在读的湖北省中医学院，每个班都有三到五名不等的调干生。这些调干生参加革命工作早，相对普通学生来说，年龄是偏大了一点。他们非常珍惜难得的学习机会，都能较好地完成学习任务，他们刻苦学习的精神体现出对文化知识的渴望与追求，他们的学习精神影响着同班或低年级的同学，成为晚辈学习的榜样。

其中，调干生同学王璧新，他参加工作比我早，年龄比我长，在政治生活、人际交往方面给了我很多帮助。尤其令人感动的是，在我延长去部队报到的两个月当中，他竟然把自己第一个月的工资寄给我当生活费。他成了我终身的好朋友。

还有我前面提到的、我中专毕业后将要被保送去上大学的消息，就是同学已三年的调干生刘士喜透露给我的，他当时虽然是学生，但他是汉口医士学校党支部的委员（当时学校只有党支部）。在1958年进入武昌医学专科学校后，刘士喜还给全校要求进步的师生员工及入党积极分子上过党课，他还是有较深资历的，学校也很重视他。

1960年，我在湖北中医学院学习期间入党时的介绍人也是两位调干生，一位叫陈福重，河北冀州人，是参加过解放战争后复员到地方的；另一位叫宛树修，女，是新中国成立前就参加革命工作的文职人员。1964年，陈福重在湖北省中医学院毕业时被分配到紧靠缅甸的云南省勐海县黎明农场职工医院工作，毫无怨言。

1959年至1961年间，由于"大跃进"和人民公社化运动中的严重"左"倾错误，加之我国农业连续几年遭受大面积自然灾害导致全国性的粮食和副食品短缺危机，新中国面临成立以来最严重的经济困难。苏联片面决定撤走专家，撕毁经济建设合同，更加重了我国的经济困难。三年困难时期，全国人民都勒紧裤腰带过日子。连毛泽东对自己身边的工作人员都说："我们要带头实行三不：不吃肉，不吃蛋，吃粮不超定量！"

那时我们正在大学读书，粮食实行定量供给，男生每月供33斤，女生每月供29斤。如果像现在这样，鸡鸭鱼肉蛋充足，蔬菜瓜果多，吃饱饭应该是不会有问题的。问题是那时还限制农民的自留地、限制农民生产鸡鸭鱼肉蛋及果蔬，使得这些基本物资的供应严重不足。

在大学，尽管粮食有点紧张，但我们仍然是一日三餐，早上吃稀饭，中餐与晚餐吃干饭。按照每个人的粮食定量，有计划地进餐，也不存在什么吃不饱的问题。那时年轻，正是长身体的时候，要说伙食差，可能也真是差一点，如果有蔬菜补充，那是根本没有问题的。那个时候的人都馋得慌，偶尔遇到机会，逮着一顿美餐，吃得很饱很饱，可看到什么吃的东西，还是想吃。我的好同学王璧新说得再好不过了："肚子是吃饱了，眼睛还是饿的。"

为了在粮食定额内让大家吃好、吃饱，各单位都想了不少办法。当时武汉的某医学院卫生系，搞了个"双蒸饭"，就是把已经煮熟的米饭再蒸一遍再吃，这种饭表面看"堆头"（体积）是大了，好像更容易填饱肚子，殊不知这种饭并不受同学们的欢迎，口感不好，食之无味，特别不经饿，至于对营养成分是否有破坏就更不好说了，这是有些所谓的专家跟风的结果。那时有的食堂为了满足食客填饱肚子的需求，把稀饭煮得很稀，但其实太稀的稀饭食客也是不欢迎的。1960年左右，北京《中国青年》杂志就发表过一篇讽刺稀饭太稀的打油诗，我至今都没有忘：

走进食堂门，
稀饭一大盆，
盆里看见底，
底里照见人。

受此启发，我也在我们学校售饭处贴了一张说稀饭稀的大字报：

> 稀饭稀又稀，
> 二两一滴滴（一点点之意），
> 厕所去两次，
> 肚子里唱京戏。

曾经的苦日子提醒我们，虽然现在国泰民安，丰衣足食，还是要提倡"光盘"行动，节约粮食，人人有责。

水里冒出的新城

对于东西湖的围垦,用"改天换地"或"翻天覆地"来形容其变化,那是不会有人反对的。东西湖属古云梦泽东境,曾是一片荒湖沼泽,地处长江之北,汉江、汉北河及府澴河交汇环绕,南接武汉的硚口江汉两区,北部毗邻孝感、黄陂,与蔡甸隔江相望。每到长江汛期或雨季,长江洪水泛滥,加之雨水聚积,除较高地区外,均遭洪水淹没。域内钉螺密集,血吸虫横行,灾害年复一年,十年九患,民众深受其害。

据《夏口县志》记载,1920年前,现东西湖区范围内曾有21万余人口,后经1931年和1935年两次水灾和血吸虫之害,1937—1957年人口数量始终徘徊在6万左右。解放时,湖区人口仅有3万人。整个夹洲子及径河两岸原来有不少村子,因为血吸虫病致使很多较大的自然村由大变小,有的最后只剩下几户人家了。有民谣形容这种惨状说:"马投潭,鬼撑船;石家坡,鬼做窝;叶家湾,鬼打鼾;大屋岗,放亮光(坟多,死人骨头含磷多,经雨水冲刷,磷轻,飘浮于空中,晚上发光)。"

民国时期,境内乡绅密昌墀,以及径河李氏宗族、我的族伯李介侯曾先后发起修筑平城垸和汉城垸,终因个人力量有限,款短工缺,未能在汛期前完工,已垒起的堤坝均被洪水冲垮,前功尽弃。

1958年，12万围垦大军奋战半年，沿汉江、府河围成一个100多公里的大围堤，此项工程包括长53.57公里、标高30.98米的防洪大堤，一座钢筋混凝土结构的大型水闸，一道拦河坝和44.34公里的防浪林带，还有7.6公里的排水总干渠，足以阻挡来自任何一方面的洪水，将这里改造为当时国内最大的国营农场；因一条由南至北的垄岗地带，将境内分为两大泛水湖群，故合称为"东西湖"。东西湖全境自姑嫂树向西，沿张公堤经舵落口接汉江干堤到达新沟镇，接着再沿汉北河大堤至辛安渡农场接沧河大堤至东山农场，然后沿府澴河大堤经柏泉农场至李家墩大闸到养殖农场再抵达岱家山，全区东西最宽处约38公里，南北最宽处约22.5公里，总面积493.09平方公里，土地面积大约为74万亩。

　　东西湖围垦前是"水窝子""血吸虫窝子"，围垦后成为黄金宝地，寸土寸金，1958年的东西湖围垦毫不夸张地说真是"功在当代、利在千秋"。它不朽的功劳有三：一是永绝水患；二是建成了粮仓；三是送走了"瘟神"。

　　事物是发展的，今天的东西湖，它的路纵横交错、四通八达；它的桥千姿百态、连东串西；它的湖星罗棋布、波光粼粼。还有那各具风格和特色的公园、花园、园博园，以及鳞次栉比的高楼大厦，更使人眼花缭乱，应接不暇。东西湖与时俱进了啊！东西湖从荒湖沼泽变成农垦区，进而成为工业区、开发区，现正朝着"中国网谷"前行，将来会成为什么样子，我们拭目以待。

　　我可以称得上是东西湖的"土著"，出生成长在东西湖，我的祖先是明洪武年间"江西填湖广"时来到东西湖径河上游居住的。我径河李氏族民至少在此生存繁衍了30代。2012年，因国家建设需要，我所居住的有几百年历史的村子在一夜间就被整体拆除了。2016年全国唯一一个网络安全人才与创新基地落子东西湖，就落在了我原来村子的地基上。这只是武汉市东西湖建设的一个缩影。

东西湖，你无论从哪个方面写，都是一块大文章，三言两语很难说得透彻。最好，当你有时间时，可以亲自去东西湖实地看看，它将会给你留下永生难忘的印象。

牛津大学与牛进大学

说起牛津大学,你肯定知道,或许,有可能你就是牛津毕业的。牛津知名度高,这里我就不作介绍了。但是,我今天讲"牛进"大学的事,你肯定是不知道的。

1961年某天中午11时许,我父亲与我表姐夫竟牵着一头大水牛来到我在读的湖北省中医学院内看我,我是在我的宿舍楼前的空地上见到他们的,我当时感到很惊奇,他们为什么要牵着牛来看我?牛是怎么进来的呢?我接过牛绳,将牛牢牢地拴在了学生晒衣场的木柱上,然后再将父亲与表姐夫领进我的宿舍。我买好饭菜,大家边吃边谈。

在旧社会及解放初期,一般来说,一个农民是没有能力单独喂养一头牛的,往往是两人或几人合伙喂养,这合伙人就叫"牛伙计"。这"牛伙计"是要有选择的,多半是种旱庄稼的与种水稻的合伙,因为种旱庄稼的与种水稻的农忙时节是错开的,就不会发生"争牛用"的冲突。那天,他们是从武昌县把牛接回去秋耕秋种的。牛是一清早接到手的,中午路过我学校附近时,他们就想到顺便来看看我,于是就把牛牵进来了。这牛能进到学校里,那还是要费点功夫的。1961年时,湖北省中医学院在蛇山南麓熊廷弼路,从大门进学校就是一个从南到北的大走廊,一直通到北边的大礼堂门口。我们的教室、宿舍及篮球场、学生晒衣场都在走廊的西边。走廊房地基高，西边地势低，从走廊的中间下到西区还有一个十来步青条石垒砌的较陡的阶梯，我一直在想，这牛是怎么下去的呢？

耕牛是农民劳动的重要生产工具，是一般农户家庭的重要财产之一，耕牛的地位有时仅次于人，在广大农民心中具有重要地位。我父亲手里牵着牛，顺路来看我，可以说我和牛都同等重要，他不能丢下牛来看我，如果牛有个意外，丢了，跑了，或被什么人牵走了，那损失就大了，所以，在进校看我时一定得把牛牵上，这才万无一失，只是可能有人觉得把牛牵进高等学府有点不雅，我当时唯一的担心是怕拴在晒衣场上的牛拉屎撒尿，还好，走的时候，拴牛的地方还干干净净的。

20世纪五六十年代，城乡差别还是很明显的。那时总是说，城里人吃得好，穿得好，住得好，白皮细肉；乡下人风里来，雨里去，脸朝黄土背朝天，衣食不足，未老先衰。乡里人特别羡慕城里人。可是，有些乡里人一旦成了城里人，便数典忘祖，又反过来看不起乡里人。不是有个顺口溜"一年土，二年洋，三年不认爹和娘"吗？我父亲，一个地地道道的农民，牵着牛进校园来看我，有的人心里是不是还有点想法又不好说，这我就不得而知了。我自己是觉得父亲牵着牛，还专程来看我，非常正常。

必要的社会活动

我上大学的那个年代,比起现在来,各种社会活动是比较多的。比如,我刚入武昌医专不久,就参加了大办钢铁的医疗队活动;又以省医疗队的名义到本省荆门县(现改市)参加治疗"四病"(即三年困难时期常见的浮肿、干瘦、月经不调、子宫脱垂)活动;还参加了当时沔阳县农村的除"四害";还以湖北省大专院校学生民兵师的名义参加了汉口至丹江铁路的义务劳动;每年基本上都要去本学院在南湖的农场劳动一个月。除此之外,有时还有突击任务,如帮农民插秧、挖塘泥积肥、车水等。粗略估算了一下,六年当中,活动总时间加起来起码在一年以上。那时的教育方针是教育为无产阶级政治服务,教育与生产劳动相结合,要求走向工农,接触社会。按这样的要求,上面的活动应该是可以理解的,问题是活动的时间太多了一点,对正常教学计划肯定有点冲击和影响。

大学生参加社会活动,可以锻炼自己的实践能力,还可以增强自己的社会责任感和使命感。比如,那时我们参加支援大办钢铁医疗队,使我们得以实际应用刚学到的医学知识。医学是生命科学,医生的每一次医疗活动,都关系到病人的生命与健康,这使我在实践的过程当中,懂得了要对病人负责到底,增强了自己的责任感与使命感。

在未走出大学校门之前，适当地参加社会活动还可以亲身体验社会生活，了解社会现实，可以拓宽视野，增长见识，提高自己的综合素质，为未来走向社会打下基础。参加社会实践活动，特别是去艰苦的地方，还能培养和锻炼自己吃苦耐劳、不怕困难、坚韧不拔、顽强拼搏的精神和毅力。在我们协助修建汉丹铁路期间，有几天下大雪，大家扎紧腰带、脚蹬草鞋挖土、挑土，不向恶劣天气低头，较圆满地完成了任务。我最大的体会是参加社会实践活动可以锻炼独立工作能力及学习与各种社会人员相处的艺术，这是最宝贵的。

从戎篇

黄沙百战穿金甲

不破楼兰终不还

从军行

怎么会分到部队的呢？

前面说了，我是从58级3个班中，中途抽出来组成的58级4班的14名成员之一，为的是全面继承老师的学术思想和临床、教学经验，有人把这个班叫做师承班，还有人戏称其为教师培养班。我叫这个班为拜师班。到毕业分配时，我们这个班的14个人，多以为是要留校的。殊不知等到面临分配时，并不是这样，预分配时，我向教务处张主任打听我会分到哪里。他说："初步方案你是30名留校人员之一，但现在特定你一人去湖北省卫生厅搞行政工作。"当时我就说："我一个学生，不会搞行政，我不去。"张主任说："人家卫生厅要党员，你是党员，你若不去，留校可能困难，还要填一次志愿的。你自己考虑好。"第二次填志愿时，我填了"部队"。最后正式分配名单宣布时，我被分到了部队。这就是我分到部队的过程。

1964年，全国的形势是"工业学大庆、农业学大寨、全国人民学习解放军"，人民解放军在全国人民群众中享有崇高的威信，加之我从小就向往军人生活，分到部队，我也高兴。我们58级4班14个人，就有3人分到了部队。

我对于自己分到部队还有个顾虑：担心父母不能接受。分配结果出来第二天，我就把我分到部队的消息报告给了父母，他们的第一句话是："你也要去部队？！"因为我的大弟弟已在我毕业的前一年参军入伍了。父亲说:"这下可好了,我们是双军属。"

母亲说:"你们大些的都远走高飞了,丢下我们怎么办?!"

其实,我还有个小弟,他在读初中时,某个星期六回到家里,放在学校里的蚊帐、被子被人偷去了,知道家里再也买不起了,他一气之下就辍学回家务农了。我说:"由仁寿(我的小弟)照顾你们。"

我父母也不是那种不通情达理的人,这个说:"分都分好了,那就去吧!"那个说:"记得有空多写点信回来。" 我说:"这办得到,你们在家自己照顾好自己。"从表面看,他们二位处于一种矛盾的心境中,喜忧参半吧。

下连当兵

我要去的部队在福建福州。1964年,距新中国成立才15年,国民党残部退居在与福建遥遥相望的台湾岛及沿海有关岛屿,两边剑拔弩张,福建处于前线地区。我去部队报到时,学校发给我46元的派遣费,即去福州的差旅费,到了部队再多退少补。从1952年去蔡甸读中学起,每次读不同的学校,都是父亲挑着行李,一直把我送到新学校的。这次送我参军,也不用挑行李,也不用亲自把我送到部队,父亲只把我送到汉口大智门火车站,而且还多了一位送我的人,她就是我的女朋友。

我毕业去部队前,学校给我布置了一项任务,使得我直到当年12月4日才去福州的部队报到。报到当天我就穿上了新军装,我的身份是"学员"。部队干部部门指派我去师直属建筑给水发电营一连当兵锻炼,要求下放的时间是一年左右。

一连的驻地不在福州,而是在闽北山区的一个县城。住的不是营房,而是民房。我被分配到一连一排五班当战士。因我是直接分配到该部队的,而且只有我一个人,所以,未进行新兵入伍的训练就直接分到了老连队,分到老连队就直接面临一名地方青年如何转变为合格军人的问题,这得从一点一滴做起。先不说思想入伍,从外表上首先得一步一步走向军人的样子,这完全靠老兵"传帮带",从衣食住行做起。

先说穿衣吧，不能歪戴帽子斜穿衣，要讲究军容风纪、军人形象；住吧，战士们睡的是通铺，起床时要把被子叠得四方四正、有棱有角，要把床单展平；走路要挺胸拔背，手臂自然摆动，头部保持平直，做到两人成列，三人成行。站如松，坐如钟。这些做起来看似简单，但要坚持做好却不容易。这主要靠养成好习惯，并使习惯成为自然。这些要求在刚入伍时，我确实感到有点不习惯，但是我明白，只要下决心跟着学、照着做，一定会一天比一天进步。

我所下放当兵的建筑给水发电营一连，当时的主要任务是为部队机关修建营房，我所在的一排五班负责油漆玻璃工种，主要工作是为修好的营房安玻璃、刷油漆。为什么把我安排在这个班呢？这应该是连首长对我的照顾，在整个连队诸工种中，唯有油漆玻璃班劳动强度相对较轻。由于工作的需要，我在连队下放当兵过程中，还干过木工、当过小工，和过水泥砂浆，挑砖、挑瓦我都干过，但干的时间都不是很长。

部队对施工安全是抓得很紧的，油漆工有时要登高，给几层楼高的窗户刷上油漆，这时候一定要系上安全带；挑瓦上屋顶，要穿防滑鞋。我当木工时出过一个小事故，本来凿子挖槽或穿孔时是左手握凿，右手拿锤，有一天不知怎么搞的，我却右手拿了凿子，不小心凿子刀口碰到了左手虎口处致伤。现在已经过去快六十年了，我左手虎口处还有一个长1.2cm的疤痕，清晰可见。这是我在部队"光荣负伤"的留念吧。

第一次站岗

我下放的连队,有很多湖北老乡,有1963年的来自武汉硚口、东西湖的兵,有1959年的来自恩施地区的兵,我的班长杜开炳,他是1959年从建始县入伍的兵。我入伍的第四天下午,他找到我说:"你来连队三天了,从今晚起,要开始参加晚上的站岗放哨,"并对我强调,"当兵就得站岗放哨。"

我说:"在哪站岗放哨?"

杜说:"在我们施工的工地。"

我说:"有人带吗?"

杜说:"没人带,上岗时你自己去,下岗自己回!"

杜接着说:"我现在就带你去熟悉一下情况,了解去站岗的路线,省得晚上黑灯瞎火的,找不到路!"

我说:"好!"

站岗的地方确实就是全营施工的工地,施工工地的范围很大,由几个连队的哨兵分兵把守,防止建筑材料丢失或遭坏人破坏。我们连的岗是运动岗,杜班长带着我把夜间需要流动的地方走了一遍后说:"你上岗前,前一班岗的同志会给你一个闹钟,便于掌握时间,下岗时再交给下一班的同志。"同时他还给我交代了一些站岗的注意事项,包括"口令"如何使用等,并问我还有没有什么问题。

我说:"晚上站岗没有什么问题就好!"

杜说:"你注意一点,一般是不会有什么问题的。"

当晚,夜深人静时,我在睡梦中被人叫醒。"老李,起来站岗了。"原来是上一岗的同志向我交岗,我迅速起床,穿好衣服,上一岗的战友告诉我当晚的"口令词",并给了我一个闹钟,关心地说了一句:"你会走吗?"

我说:"我会走,白天班长带我走过一趟。"

我背起枪,提着闹钟,离开营房,沿着白天班长指引我的路线走向岗位。这是个小县城,街道不宽,小巷弯弯曲曲,那天夜很黑,12月份的闽北山区还是蛮冷的。昏黄的路灯光忽明忽暗。最令人恐惧的是,小狗听见街头巷尾有一点动静就汪汪叫个不停,叫得使人有点害怕。这时我真是"眼观六路,耳听八方",生怕有事,心想:"不会有事就好。"经过10多分钟的时间,就到了站岗放哨的地方,我先找了一个偏僻的地方定了定神,并未发现什么异常情况,约摸过了半个小时,我"竖起耳朵,睁大眼睛",顺着围墙走了一趟,也没发现什么动静。我选了个隐蔽的地方站了一会,看闹钟还有10分钟就要交岗给下一班了,心想,佛祖保佑,还算平安。再坚持一会儿,若不发生什么问题,我的第一次站岗就圆满结束了。

20多分钟后,我把岗顺利地交给了下一位战友,这是我当兵站的第一岗。当兵站岗确实是对心理素质和身体素质的一种磨练,一个人站岗,尤其在夜间,需要忍受孤单,承受寂寞,战胜恐惧。有人说:"没有站过岗、放过哨的军人都不能算是真正的军人。"我也算是上过军人的必修课了。

第一次打靶与投弹

我下连当兵正是年终岁末,适逢连队实弹打靶及投弹训练,我虽然是新兵,也不会因为我"新"而让我例外呀。实弹射击前还有一天的训练,第二天就要真刀真枪地上了。连长吴昌礼还特别关心我这个新兵,特地来到我的跟前,要我瞄靶给他看。他看了后,先说我瞄得还可以,接着说:"但有三个问题要注意,第一,枪面不平;第二,枪口低了;第三,偏左了。"其实我也是按"三点一线"的要求在做,但就是达不到技术要求,因我入伍前确实没有拿过真枪,更别说训练了。我按吴连长的指点,真的瞄了几个小时。谢天谢地,瞎猫碰到了个死老鼠,我第一次实弹射击竟及格了。晚点名时吴连长还在全连人员面前表扬了我,说我训练认真。

接下来是手榴弹的实弹投掷。虽然我没打过步枪,但我不怕,因为子弹是向前飞的,只要把枪掌握住,是不会出问题的。手榴弹投掷时则不一样,一听说投掷真手榴弹,我心里就有点害怕。投掷时有引体动作,人一紧张,投不远不说,弄不好甩到身后了,还会出大问题,越想越觉得害怕。那天是张营长亲自指挥投弹。投弹场地分为助跑区、起掷线、落弹区,在落弹区和起掷线之间设有防弹墙。

张营长问我投过手榴弹没有?我说没有。他又问在学校投过假手榴弹没有？我说上体育课时投过。

他说："就那样投，但要注意两点。一是要把手榴弹投到防弹墙外，如果投到或因紧张把手榴弹掉在了防弹墙内，就会出事故，这点一定要记住；二是把手榴弹的盖子揭开后，就会看见里面有个金属环，先把环套在投掷手榴弹的右手中指或无名指上，千万不能在投掷时把金属环和手榴弹同时扔出去，因那个金属环连接着引火部分，连着导火索，拉出导火索，手榴弹才能爆炸，记住了吗？"

我按张营长的要求，拧开手榴弹后盖，右手握住手榴弹柄，将金属环也套在了右手中指上，张营长看了看，说："是这样，准备投。"因已经揭开了后盖的手榴弹还在我手上，我全身都有点战战兢兢的，生怕它自爆。

张营长说："放松，不要紧张，我先喊'预备'，喊'投'的时候，你就把手榴弹投出去。"我回答："明白。"听到营长的投手榴弹的口令后，我不仅迅速地把手榴弹投了出去，还反射性地迅速蹲下，躲在了防弹墙后，张营长也顺势把我的头往下按。张营长说"25米，可以"时，手榴弹响了。什么可以啊，30米才及格呢！

后来，我当兵十几年后，参加半自动步枪打靶时也闹了个笑话。记得那是1980年的冬天，天空下着小雪子，能见度有点差，射击距离是200米，8个靶并排打，我打2号靶，每人9发子弹。当第一枪响后，报靶员报：一号靶，2个9环；二号靶，脱靶；三号靶，10环；四号靶……

指挥打靶的王股长说："李军医，你怎么把子弹打到人家的靶上了，这成绩怎么算呀？"一号靶2个9环，其中有一个9环就是我的，这半自动步枪打200米，只要稍加注意"三点一线"的要领，中靶率是很高的，特别准。只是我错把一号靶当二号靶射击了，闹出了个大笑话。

华蓥山游击队救了我

作为一名从地方刚入伍的青年,对在部队见到的一切都感到新鲜和好奇。我是1964年12月初来到连队的,很快就到1965年的春节了,除夕前两天,连队举行了"春节联欢晚会",都是连队演唱组自编、自导、自演的节目。联欢晚会在一个能容纳200多人的平房里举行,没有舞台,也无布景灯光装饰,不过会场前面有两盏大灯把房子照得通亮。全连干部和战士按要求整齐有序地列队坐在自带的小板凳上,当主持人宣布联欢晚会开始时,全场响起了热烈的掌声,每个人的脸上都洋溢着过大年的喜悦。节目有歌曲、舞蹈、快板、山东快书等。兵演兵,也未见化妆。节目内容贴近生活,贴近人物实际,短小精干,有声有色,生动展现了官兵们的精神风貌和昂扬斗志。

我是第一次参加这样的晚会,第一次观看这样的节目,真是全神贯注,目不转睛。突然,我听联欢晚会的主持人高喊:"下面请新来的大学生来一个节目好不好?"开始我没在意,我还以为是哪个大学生先前就准备了节目的,现在请他上台表演哩,直到我身边的战友拍我的肩说:"叫你来一个节目哩!"我这才明白原来是在叫我。我的天哪,我是来看节目的,我哪有什么节目啊。于是我站起来向台上、台下敬了个礼,说:"我没有节目,也不会什么节目。"主持人说:"大家欢迎他来一个好不好?"这时全场响起了热烈的掌声,并呼着号子齐声说:"大学生,来一个!大学生,来一个!"这下真的把我搞得不知如何是好了，看样子，不来点什么是不行的。

我站起身，慢慢地走到台前，向大家行了个还不十分标准的军礼，然后清了清嗓子，也不说什么客套的话，待全场安静下来后，开口不紧不慢地说："四—川—省，华蓥县，城—南，有一座华—蓥—山，方圆八百多里，那是高低起伏连绵不断，只见那是：大山靠小山，小山靠大山，山靠山，山连山，山高入云，直冲云霄！（从"只见那是"开始，语速越说越快）华蓥山游击队活动的地方就在这里。"

我顿了顿，大声说："要听下文如何？待我准备好了下次再说。"我又向大家行了一个礼后走向我的座位。只听下面还在喊："讲得好，欢迎把下面的故事讲完。"我站起来说："对不起，下面的忘记了。"

经过这一闹，我总算过了"来一个节目"的关，说实话，这是现学现卖，这是我实习时听一位带教老师讲的，我觉得这个故事内容好，悄悄地把它记住了，哪晓得关键时刻还派上了用场，不过也给我带来了一些新的机缘。

1965年3月份铁道兵发文，要求全铁道兵部队开展"讲革命故事活动"。师机关文化部门决定组织故事员下到各连队巡讲，借以加强革命传统、爱国主义、英雄模范事迹、思想道德教育等，确保红色基因不变色，激发广大官兵建设祖国、保卫祖国的政治热情。就是因为那天春节联欢晚会时我临时抱佛脚讲了那几句，在全师故事员遴选时，我被推荐为正儿八经的故事员，经过短时间的训练和准备，文化科便命令我带几个故事员去江西、福建的铁道兵各连队讲故事。

巡讲革命故事

故事组是由各团及师直的故事员组成的，只有四五个人，大部分人都是老兵，只有我是刚入伍几个月的新兵，虽然我兵龄不长，但年龄比他们大，还是一个已有4年党龄的党员，因此领导确定这个小组由我负责。

上级要求我们讲的故事不要都是一个类型，尤其强调要有本单位的好人好事，突出讲身边人、身边事，使干部战士看得见、摸得着，更易从中受教育。我记得其中有一个故事叫"无限风光在险峰"，讲的是铁道兵在崇山峻岭修铁路，逢山开路、遇水架桥的故事。里面还有一个让我记忆犹新的情节：有两座高耸入云的大山靠得很近，从两座山之间往上看，看见"天"只有一线宽，人们把它称作"一线天"，有个部队就在这下面施工。有一天，其中一座山上突然掉下一块石头撞到另一座山，又回弹到掉石头的山上，撞过来，又撞过去，就像一个乒乓球在空中弹来弹去。还有一个"我与副班长"的故事，写的是老兵如何手把手地教新兵打钢钎、凿炮眼，一对一帮扶新兵成长。而"智取鄱阳"则是讲一个机智勇敢的地下工作者舌战顽敌，终于躲过一劫的动人故事。现回忆其中的一个小片段，以飨读者。

敌军:"你肯定是共产党!"

地(我党地下工作者,简称"地"):"我不是。"

敌军:"那你是干什么的?"

地:"我是普通老百姓。"

敌军:"你是种地的?"

地:"我不种地。"

敌军:"不是种地的,那是干什么的呢?"

地:"裁缝!"

敌军:"做衣服的?"

地:"做衣服的!"

敌军停了一会,突然说:"做衣服的?你把右手伸出来给我看!"

敌军抓住地下工作者的右手,端详了一番手背、手掌,阴阳怪气地说:"你不像个做裁缝的,做裁缝的经常要用剪刀、缝纫机,手指上应有老茧,你的手指上为什么没有老茧啊?"

地:"我当老板了,好几年没亲自动手裁衣服了。"

敌军:"哦。"他转了两圈,突然又说,"做裁缝的,我今天要考考你,我做一件军上衣要多少布?怎么裁?"我党地下工作者瞟了敌军一眼,不慌不忙地答道:"宽门面的布要九尺,窄的一丈!"

敌军:"你胡扯,我做一件衣服要这么多布?"

地:"长官,要得不多呀,因为你长得太胖

了！"在说此话的同时，双手往自己的腹前一抱，肚子一挺，做了一个太胖的示意。

敌军："好，就按你说的九尺一丈，怎么裁？"我党地下工作人员并不急着回答，故意在那磨磨蹭蹭的。

敌军："你快回答呀！"

地："怎么裁？"

敌军："对呀，你快回答我怎么裁？"

地（慢条斯理地）："裁嘛，我现在就细说给你听。"

敌军："你不要挨时间！快说，怎么裁？"

地："我开始裁了！"

敌军："快裁！"

地："前胸—对—开，五—尺—下—裁。"

敌军："你不要边讲边想，快点说。"

地："前胸对开，五尺下裁，后背两尺五寸，一共是七尺五寸，打一对大袖，做一对小袖，（说到这里语速明显加快，而且是越说越快，直到一口气讲完）多的零头布和牛头弯子布做荷包、荷包盖、贴领、抬肩，你要不相信的话，拿布来我可以马上裁！"

敌人有问，我党地下工作者有答。敌人问得刁钻，我党地下工作者答得仔细，使得敌人张口结舌，无话可说。实在没办法，就把我党地下工作者放走了。

我们故事组大概是5月份出发，先到江西的鹰潭、向塘、抚州等地，利用晚饭后休息的时间，给驻地的各连队讲革命故事，每场约讲三四个故事，时间控制在1个小时左右，不能影响干部战士们的休息。给江西的部队巡讲完了以后，我们回到福建的顺昌稍作休整，继续从福建的光泽、绍武等地沿鹰厦铁路，一直到漳平、华安。到8月初，革命故事巡讲任务顺利完成，小组成员各自回自己的单位。

正当我们在赣闽两省大讲革命故事时，中国人民解放军经历了一个重大的事件，那就是从1965年6月1日起，中国人民解放军取消军衔制，"红色的帽徽红领章，红色的战士红思想，全军上下一片红，颗颗红心向太阳"的歌声响彻云霄。

我是铁道兵

革命故事巡讲结束后，我又回到了下放的连队，还干了几天挑砖、挑瓦的小工活。1965年8月底，干部部门通知我去汇报下连当兵的情况，去之前，我写了个提纲，主要汇报内容有三个方面：一是由一个地方青年向一个兵转换的情况；二是与干部战士同吃同住同劳动，参加连队施工劳动的情况；三是下到闽赣各铁道兵连队进行革命故事巡讲的情况。自我评价是基本适应了部队生活，外表是一个兵，在完全做到思想入伍、表里如一方面还须努力。干部部门对我的汇报比较满意，并说了些下放连队期间表现不错的话，当即宣布我的下放期满，9月份开始去卫生营（医院）报到上班。我下放的时间，前后加起来还不足9个月。

我在地方读书时，只知道中国人民解放军有海、陆、空三军，对于有些特殊兵种根本不知道，在毕业宣布我分配到部队时，我也不知道我要去的是哪种部队，直到分配到部队以后，才知道我去的部队是中国人民解放军铁道兵部队。铁道兵是在解放战争进入战略决胜阶段诞生，新中国成立后人民铁路修建过程中成长起来的一支铁道工程技术兵，铁道兵的身份具有双重属性，既是解放军，又是工程队，战时主要担负铁路保障任务，和平时期视国家经济建设需要而承担以修铁路为主的不同任务。它不仅是人民解放军的一个兵种,更是社会主义建设的有生力量,在社会主义建设中,铁道兵部队先后建成了黎湛、鹰厦、包兰、嫩林、贵昆、成昆、襄渝、南疆、青藏等铁路,以及北京地铁,引滦入津和其他一些铁路工程、国防战备工程、外委工程等。1962年至1970年,随着国家建设需要,铁道兵几经扩编和整编,最多时下辖3个指挥所、15个师、3个独立团、2所学校、1个科学研究所、1个农场等,共计41.6万人。可以说,我就是在铁道兵扩编到极盛时期入伍的。

下放期满后,干部部门安排我去卫生营(即师属医院)上班。我初入伍时,我们部队的机关及卫生营等单位都在福州市区,我下连当兵结束时,部队机关及卫生营、师直有关单位已搬到了闽北山区顺昌县。卫生营建在离县城不太远的一个"U"字形的山沟里,可以说是四面环山,地形十分隐蔽,卫生营的营房是刚落成不久的,刚移植来的棕榈、侧柏、枇杷、月季、女贞、茶树,以及原有的毛竹,使院内显得十分有生机。这就是我今后工作、生活、战斗的地方。

到了我才知道,整个卫生营除门诊有一个由战士负责的理疗针灸室与中医有点关系外,中医中药方面完全是空白的。卫生营领导对我的到来还是很重视的,要我做一个今后开展中医工作的计划,需要的东西将尽快补充。我说:"当务之急,一是采购常用的中药;二是做一套存储中药的药柜。"部队就是雷厉风行,过了没多久,常用的中药就装进新做的药柜了。这中药柜是我设计的,合起来是2个柜子,散开后是10个带格的箱子,移防、打仗都方便,1个战士挑2个箱子就走了。

我在军中接诊的第一位病人

我虽然已经当兵八九个月了,但因为大部分时间都是在连队,所以尚未从事中医相关工作。刚到卫生营,因无中药可用,中医业务也未能得到顺利开展,但已经有人知道卫生营从地方分来了一个小中医。一天,一位30多岁的女同志来到我的诊室,问:"你是新来的中医吗?"

我说:"嗯,新来的,新兵!"

她说:"能看中医吗?"

我说:"看中医倒是没有问题,就是没有中药。"

她说:"那不是看不成?"

我说:"你是我入伍后接诊的第一位病人,我也不能叫你失望呀。药的问题嘛,我来想办法。"

她说:"那就谢谢你了!"

通过交谈,得知她是一位新四军老兵,行军打仗,走南闯北,历经千辛万苦,积劳成疾,经过解放战争、抗美援朝,后服从国家需要,回到地方。

我说:"哦,你年纪不大,还是个老革命哩,我要向你学习!"

她笑着说:"你年纪不大,还会给人戴高帽哩,我也只是普通一兵。"

我针对她的病情，经过认真辨证，开了一个药方，建议她先服几剂看看。

她说："没药怎么吃呀？"

我说："这你就不用操心了，你只要告诉我你住什么地方就行。"

当天，我利用中午休息的时间到县城中药店帮她配了七剂中药，随之送到了她家，并交代了服法和注意事项。原来她住的地方是部队家属院。这之前，我们药房的主任曾对我说过，现在我们暂时没有中药，如遇个别特殊情况，需要吃中药的，可以到地方中药店去购买，凭发票回来报销。因为她是我入伍后第一位接诊的病人，我就按特殊情况处理了。

大概过了两个星期吧，她又来了。因为是我入伍后接诊的第一位病人，我对她的印象还蛮深的。

我说："你吃了药，好一点了吗？"

她说："不知是精神作用，还是药物的作用，有好转。"

我说："什么叫精神作用呀？"

她说："我那天来你这里看病，本来是来探听消息的。心想，既然卫生营有中医，何不在卫生营看？这样更方便。哪晓得你对人这么热情，不仅看病认真，还送药上门，未吃药我的精神就好了一些。"

"哦，原来是这样，谢谢鼓励。" 我接着说，"我刚出学校门，很多东西都不懂，我做得不好的，请多加指教！"

她说："当个好医生，技术是一方面，但服务态度、对病人的感情也特别重要。一个病人，遇到工作认真、服务态度好的医生,病都先好了一半,这点供你今后工作参考。"

经过几次看病,几次交谈,我觉得这个病人对我还是蛮诚心的,而且也很低调,我开处方时只知道她叫夏茂兰,后来通过侧面了解到,她的夫君范士堂是抗日干部,时任我部后勤部部长,这些她从未提及。因工作需要,范部长在1968年调到了铁道兵武汉办事处,20世纪80年代我转业回地方时,与范部长成了同城有上下级关系的好战友、好朋友,当时夏茂兰同志也早已随军到了武汉。

我要回家结婚了

到1965年底,虽然我的军龄还只有一年,但该完成的三件事总算完成了。一是顺利地完成了下连当兵的任务;二是到卫生营后搭建起了中医工作平台;三是中医诊疗工作已经起步,看中医的人日渐增多,影响也在不断扩大,反应尚可。

1965年8月底,干部部门宣布我下连当兵结束时,我就已经成为部队的一名正式干部了,按军内干部条例规定,我可以休假探亲了。俗语说:"男大当婚,女大当嫁。"家里也在催我完婚,女朋友也27岁了,该结婚了。对于女朋友的情况,部队政治部门已去函调查过,同意我们保持关系。只是结婚时还要写申请报告。

我来到后勤政治处,他们要我填一张"结婚申请表",表上有这样一个要填的栏目:"建立关系几年?建立关系的过程、形式,目前感情如何?"这是什么意思?这么复杂,让人丈二和尚摸不着头脑。作为新兵,我也没经历过这种事,真不知道该怎么填。我考虑了一会儿,提起笔在这一栏里面写上了20个字,管它是文对题还是文不对题,把申请表交给了一位姓曾的干事。

曾干事认真地看了表后问我说:"你这'恋爱八年,土洋结合,以洋为主'是什么意思?"因为这一栏我填的20个字是

"恋爱八年，土洋结合，以洋为主，感情尚可，请求结婚"。我说："我跟女朋友本是包办婚姻，2岁时，双方父母就给我们订婚了！"

曾说："既然你们2岁订婚，怎么又来了个恋爱八年？"

我说："虽然我们2岁就订了婚，但从未见过面，直到1957年才联系上。"

曾说："哦！那土洋结合，以洋为主又是什么意思呢？"

我一笑，说："曾干事，1957年前我们是包办婚姻，但到1957年开始联系后，就按新办法谈恋爱了，这不叫土洋结合吗？包办时没见过面，联系上后谈了八年，这不是以洋为主是什么？"

"你这小子会总结！"曾接着说，"我能不能问你一个表外的问题？"

我说："哎呀，只要你批准我结婚，任何问题都可以问。"

曾说："你与你女朋友2岁订婚，1957年前从未联系，也不认识，那后来是怎么联系上的？"

我说："这话说起来有点长了。1957年五一劳动节回家，父亲突然对我说（以前是从来没说过的），我很小的时候与别人订过婚，女方家托人捎信来了，这事是成还是不成，我要有个话。父亲接着说，'女方住在汉口中山大道某某某号，她家里开水果店。'父亲说得很认真，虽然我装作若无其事的样子，其实父亲的话我都听进去了，当时有点害羞，也不知怎么回答，没直接回答而已。我父亲没得到我的回答，他也不再往下说了，也许，这就叫响鼓不用重锤吧！"

曾说:"那后来呢?"

我说:"回学校后,父亲说的那个事,总在我心里,不知怎么办才好。"

曾说:"女方的地址都有了,那就主动上门呀!"

我说:"人都不认识,贸然上门不好。"

曾说:"那就先写封信,看对方的态度如何?"

我说:"这个问题我也考虑过,如果对方热情,通信时间长了,也有感情了,到时候一见,对方是我不喜欢的类型,那怎么办呀?"

曾说:"你考虑得周到,我们部队有个干部在朝鲜时与国内一个女学生通信很热烈,回国后准备结婚时,结果一看女方是'剪刀腿',但生米已煮成熟饭,退婚也不行了。"

我说:"后来决定先去看看人再写信。"

曾说:"你去看了?"

我说:"5月15日学校有事要放假,14日我给我同学何定培说,让他陪我到街上去逛逛。我的学校离女朋友家也不过三里地。我们15日上午10点左右就找到了我女朋友家的水果店。门面不大,里面只有一个人,是个女孩,与我们班上的女同学年龄好像差不多,我估计是'她',但又拿不准。我对同去的何定培说:'我们再往前逛逛!'于是我们又往前走了两条街,我说该往回走了。何定培当时还给我说现在往回走,刚好赶回学校吃午饭呢。

"转到我女朋友家水果店门口我又停住了,看见里面还是刚才见到的那位女孩,我鼓起勇气,走近她的水果摊,说:

'买半斤柿饼!'为什么是买柿饼而不买别的呢?我注意到她的水果店里最便宜的就是柿饼了,而我当时口袋里只有1毛钱。她给我称了半斤柿饼,报价"8分钱!"我掏出那仅有的1毛钱递给了她,她找了我2分成色很新的钱。我说:'我不要这新的钱,给我张旧的好了。'她说:'新的还好些!'我说:'我喜欢旧的。'零钱找好后,我拿上柿饼,就出了店门往学校走。

"我当天下午就趁热打铁给她写了一封信,并特别强调'你上午找零找新钱我不要,要旧钱的就是我',以提醒她我是哪一个。隔了一天,1957年5月17日,当天是星期天,我就收到她的回信了。又经过了很长一段时间的通信来往,我们在她堂姐家第一次正式见面了,往后,交往增多。

"1960年7月,在我读完大二时,她从湖北省武昌幼儿师范学校毕业,分配到了革命老区大悟县的综合师范学校当幼儿师范专业的老师,后来这个学校解散,她被分配到该县的一个区,在小学任教。"

曾说:"你与你女朋友的事,上次下连队讲故事时,应该编出来给大家讲讲的,很曲折、很生动。"

我说:"不能讲,这不是革命故事!"说得两人都笑了。

我说:"你给我批报告呀!"

曾说:"批!批!我去找领导批,你稍等。"没一会儿的工夫,报告就批好了。我一看,上面的批语有"婚后生活自理"几个字,我指着这几个字问曾干事,这是什么意思?

曾说:"以前战争年代或解放之初,部队实行的是供给制,干部是没有工资的,干部结了婚,添人进口,组织上是要管的，后来部队改为薪金制，干部有工资，结婚后，组织上就不再管你的生活了，这就叫婚后生活自理。"

"哦，我懂了。"我说。

我给曾干事敬了一个礼，揣上结婚申请报告，就离开了政治处。

中医中药在铁道兵是有市场的

我到卫生营一晃三个多月了,除对人员环境有所熟悉外,在我职责范围内主要抓了四个方面的工作:一是成立了中医门诊诊室;二是中药房建立起来了,今后面临着不断充实完善的问题,领导也给我配了一名助手,负责配方抓药及中药的保管;三是建立了针灸理疗推拿室,负责有关病人的治疗;四是通过调查访问,了解到以往卫生营门诊及住院病人病种情况,看中医中药能在哪些方面发挥作用。

我前面谈到铁道兵具有双重属性:既是人民解放军,又是工程队。单从铁道兵工程队的性质来说,平时主要的任务就是维护已修的老铁道、修建新铁路。那时国家工业体系还不十分完善,工业化、机械化水平还不高,铁道兵很多工程任务,如打隧道、架桥梁、搬钢轨、砌边坡、片石,多是通过体力劳动完成的,在这个过程中,或超负荷,或站位不当,或用力不均,都有可能造成身体的某一部分损伤。我在调查中发现这里属中医"跌打损伤"范围的病证很多,如腰部急性扭伤、腰肌劳损,甚至腰椎间盘脱出,以及因作业中受湿受寒而造成的肢体痛、筋骨痛,都是中医比较占优势的治疗病种。

中医认为,上述病证,一是劳累过度,损伤气血;二是风寒湿气阻了经络;三是瘀血阻滞,"通则不痛,痛则不通"。若以祛风散寒、除湿，或调理气血，或活血化瘀的方法治疗，再配合针灸、理疗，应该是有疗效的。果不其然，我选择的几个不同类型的病人，经上述方法治疗，都对疗效感到比较满意。这说明中医中药是有用武之地的。

部队还有不少年纪偏大的干部、随军家属，他们积劳成疾，有些病也是适合中医治疗和调理的。在部队，要说让连队的战士服中药，那是有困难的，他们生活在大集体中，服需要煎煮的中药，谁给他熬？在什么地方熬？这些都是可以想得到的困难。掌握了这些情况后，在采购中药、中药运用方面，方向就更明确了。我有个切身体会，20世纪五六十年代，多数单位的领导，包括部队的领导，他们虽然是行政干部，不管是懂点中医的，或者是完全不懂中医的，普遍对中医有感情，比较重视。我在部队的工作能顺利开展，这与领导的重视是绝对分不开的。

婚事新办，勤俭节约

我1964年离家当兵，到1966年初，已经一年多的时间了。这次离家的时间长，我想回家看看父母及家人，也让父母看看我，让他们放心。还要完成一件个人大事——完婚。我和女朋友都不小了，双方父母都催过。在我准备探亲之前，也与父母商量好了，父母亲也作了些准备。

20世纪五六十年代提倡喜事新办，勤俭节约，自然我们的婚事也办得特别简单，请了一桌酒，向村里的邻居送了点喜糖，这婚事就算办完了。那时也不是我一个人的喜事办得这么简单，基本都是这样的，因为那时候的风气就是如此。

在部队，我还帮人操办过一次婚礼，两人都是部队的军医，女方是浙江医科大学的高材生，上海人。男方与我很熟，他给了我一张25元钱的存折，委托我帮他操办婚礼。我不负重托，光荣受命。说是操办，重点也就只有两条：一是帮他布置一间新房；二是买点瓜子、糖果，以便在举行婚礼时招待客人。

部队年轻人多，喜欢热闹，为战友办喜事积极性很高。男战友找来两张单人床，往拢一铺；女战友在后山砍了几根细竹竿，做蚊帐架；我专门请了一位已婚，并有两个孩子的女战友为他们铺床，因为结了婚又有孩子的战友铺床兆头好。铺上他们自己准备的"龙凤呈祥"的床单,两人的军用被子叠得整整齐齐放在床上,床头柜上各摆了一个插有鲜花的葡萄糖盐水瓶,房内放了几把折叠椅。心灵手巧的女战友还为他们剪了一个大红"囍"字,端端正正地贴在了窗户玻璃上,整个房间看起来喜庆、吉祥、大气、大方。我到军人服务社买了些水果糖、瓜子、"大前门"的香烟,还有一小包地道的福建安溪铁观音。晚上,领导为他们主持了隆重的结婚典礼,并宣布:可以闹洞房,但要闹革命式的洞房。

现在有人可能不相信,或不理解上面的事实,或者说:相信倒是相信,现在是什么时代了,还写这个干什么?我的回答是:这是《我的生活广记》的内容之一,应该把它记在这里。

1963年至1966年,全国城乡开展了社会主义教育运动,运动一开始在农村中是"清工分、清账目、清仓库、清财物",后期在城乡中表现为"清思想、清政治、清组织和清经济"。我们结婚时,我对象本是湖北省大悟县的一名小学教师,但抽调到邻近的黄陂县搞"四清"运动已久。结婚时她放了十天假,正月初五就回"四清"工作地了。"四清"队员与贫下中农同吃、同住、同劳动,春节后,她所在的那个点的主要任务是兴修水利,挖塘泥、挑塘泥,她也和其他"四清"队员一样,同贫下中农一起在寒冬里劳动。但不幸的是,两个月以后,她发现自己流产了。

第一次去北京

1968年9月份，我们卫生营营长通知我，要我到彭师长那里去一趟，他有事找我。

我问："彭师长找我，是什么事？"

营长说："彭师长要我们推荐一名针灸基础好的医生去北京学新针疗法，我们向彭师长推荐了你，你见了师长就会知道的。"营长这一说，我心里有点数了。说到去北京学习，我心里特别高兴，因为我还从未去过北京。

我们师长叫彭海贵，江西人，老红军，新中国成立前还做过周恩来总理的副官，我入伍时他就是师长。我是新兵，虽见过彭师长，但从未与他有过工作上的联系，他也未找过我看病。他住的房子我是知道的。他房子的门窗的油漆，还是我下连当兵时和几个老兵一起刷的。我之所以敢去他家里，是因为他的夫人杜彦军医当时是师机关卫生所的所长，因为业务上的事，我们常打交道。

见了彭师长，他说："现在北京推广一种针灸新方法，我争取到一个参加学习班的名额，你们单位推荐你去，你要保证学会呀！"

我说："请首长放心，我保证完成任务！"师长还详细地给我介绍了在北京学习的地点、什么时候报到、学多长时间等。

我在北京参加的是新针疗法培训班，由铁道兵举办，基本上全铁道兵各大单位都有人参加，重点是介绍新针疗法技术。为了说明"新针疗法"的"新"，这里我要作一点有关针灸的基本知识介绍。

针灸，严格地说，它包括两个方面的内容：针，就是用"银针"或毫针（不锈钢针）刺入病人身体的一定部位（即穴位），疏通经脉、疏通气血、调节人体阴阳，起到治病的作用；灸，它通过艾叶、艾绒的燃烧，直接或间接熏烤穴位，用热力温通经络，达到治病的目的。我们有时把单纯的针刺也称为针灸。传统的针刺，是通过慢慢捻转，使针进入体内，达到一定的深度后，再通过捻转针柄，使病人产生酸、麻、重、胀或触电样的感觉（这叫"得气"）。得气后，不要急着把针拔出，让"得气"的感觉保持一段时间，叫"留针"，待病人"得气"的感觉——酸、麻、重、胀或触电样感觉完全消失后，再把针拔出，这就是针刺的标准过程。我到北京学的新针疗法，是对传统针刺过程的改进，表现为三大特点：

一是进针快，不是捻转进针，而是直接进针。

二是刺激强度特别大，大幅度地捻转或提插，捻转幅度可能是90度、180度、360度，甚至达到720度，使病人出现强烈的酸、麻、重、胀或触电样的感觉。

三是当病人"得气"的感觉特别明显时，就立马拔针，这叫"不留针"。

由上不难看出，这新针疗法只是局限于传统针法手法方面的某些改进，并不涉及经络、穴位等问题。所以，传统针刺基础较好的人，比较容易接受。

掌握了"新针疗法"的三大特点后，关键是要加强实际操作技术的训练。为此，学习班组织学员到北京的几个郊县，用新针疗法为病人治病。其实，学习班学员中，很多人都是经验丰富的临床针灸医师，到郊县去用"新针疗法"治病，只是一个方法上的过渡而已。

学习班学员中有位东北某部队的李军医，一天闲谈时，他非常诚恳地询问大家："哑门扎多深？扎哑门时病人有什么感觉？"大家看他提问的态度谦虚，都尽己所知，你一言我一语地回答他的问题。听完回答，他说话了。

他说："扎哑门时，病人要端端正正地坐在凳子上，头稍向下，两手掌平放在大腿上，选准穴位后，要水平方向进针，针灸朝向下颌即可，但千万要记住，针尖绝对不能向上，这几条做到了，哑门可以扎到1.5寸深。当你按上面说的扎到1.5寸时，病人会情不自禁地或反射性地大声发出'啊！'的声音，同时，病人还会从板凳上弹跳起来，臀部离开板凳，此时就是扎到哑门了，要立即拔针。"

李军医说的话让大家十分震惊，都感觉这种方法太危险了。到乡下实习时，李军医每天都会找两三个病人，在大庭广众之下，按他说的方法和针刺深度扎哑门，使在场的人大开眼界，他做的和他说的完全一致。他毫无保留、手把手地教大多数学员掌握了这一技术。东北李军医的这种扎法和深度，在当时确实是深度最深、病人感觉最奇特的了。

回单位后，对有的病人，我们也多次采用了李军医的扎法，针刺的效果达到了他的要求，但疗效并未提高，又因为这种扎哑门的方法还是存在着一定的风险，所以用了短暂的一段时间后我们就停用了。

针刺治疗聋哑的反思

你见过针灸治疗过的聋人上台背诵毛泽东语录吗？也许，如今七十岁或七十岁以上的人可能有人见过，我不但见过，还亲自策划过聋人上台演出哩。

1965年6月26日，毛主席发出"把医疗卫生工作的重点放到农村去"的号召，对农村医疗卫生工作产生了重要影响，催生了几乎覆盖整个中国农村的"赤脚医生"群体，也催生了合作医疗制度和县乡村三级医疗卫生网，被称为中国农村卫生工作的三大法宝，也被联合国誉为发展中国家农村医疗体制最佳者。遵照中共中央的指示，1965年后，中国农村卫生工作出现巨大改观，合作医疗遍地开花，大批城市医务人员奔赴农村、边疆，走与工农相结合的道路。卫生工作中人力、物力、财力的重点逐步放到农村，农村合作医疗也得到进一步加强。

解放军走进农村，用最直接的方法，替缺医少药的农村百姓免费解决疾病问题。

1968年，中国人民解放军一支医疗队来到吉林省的长白山脚下，免费给聋人治病的消息传遍祖国大地。我部也迅速跟进，在福建省顺昌县城关成立了治疗小组，为当地聋人治病，最多时接收的病人达六七十人。治疗效果怎么样呢？从形式上来看，我们将治疗有效的病人经过语言训练，专门组织了一台晚会，让他们为大家表演节目，能坐一千多人的大礼堂，座无虚席，掌声不断。

转眼间此事已过去半个多世纪了，从我所经历的情况来看，有些问题是值得认真思考和总结的。

针灸究竟能不能够治疗聋哑？要回答这个问题，首先要把下面的几个问题搞清楚。

第一个问题，什么是哑？哑是指不会说话。不会说话，并不代表不能发音。他们的舌、喉以及声带等发音器官一般是正常的。听力正常的人从儿童时期牙牙学语开始，就是边听边说的，当他的发音正确时，就能马上得到身边人的肯定；当他说错时，就会被否定、纠正，慢慢地，他就能准确掌握生活中的常用词该怎么发音，这样边说边听，逐渐学会说话。如果根本听不到声音，就无法判断自己说话的效果，也就无法用语言来表达自己的愿望了。生理学上将这种聋与哑的关系叫做语音反馈。多数人是因聋致哑，治好了聋，也就治好了哑，聋是主要矛盾。

第二个问题，在针刺治疗聋哑时，要及早确定病人是否还有残余听力，要是还有一定的残余听力可以利用，则可利用针刺提高听觉中枢的兴奋性，结合听觉和语言训练，有可能让病人学会说话。如果经过听觉测定，确定完全没有残余听力可以利用的话，那就不可能治愈了，因为针灸的治疗只是辅助作用，所以治好的可能性不大。

第三个问题，针灸不能治疗药物性耳聋与先天性耳聋。药物引起的耳聋是不可逆的，用针灸治疗没有效果。药物损伤第八对脑神经，是不可逆的。如果是先天性耳聋，通过针灸治疗也很难恢复。尤其是先天性耳聋的情况，如果没有得到及时的治疗干预，错过了语言学习形成的最佳时期，就会因为先天性的耳聋导致哑的发生。

第四个问题，儿童语言障碍针灸能否治愈，主要看他的语言障碍是来源于哪方面，比如说，患儿实际上是因为先天性耳聋引起的语言障碍，因为先天性耳聋基本上是由于基因问题导致的，所以针灸没有任何办法。后天引起的语言障碍，比如说口吃、发音不正确、语音不清楚，这些由于后天的一些疾病引起的，针灸是可以协助进行康复的，肯定是有效的。

第五个问题，耳聋病程的长短是决定疗效的关键。针灸一般能够起到辅助治疗耳聋的效果，能否治好主要看病人耳聋的严重程度，还有发病时间。如果时间较短，病人只是轻度的听力下降，针灸之后，能够有效地改善循环，对治疗耳聋是有好处的，甚至可以治愈。但如果病人耳聋发病几十年，可能出现重度耳聋，这样的情况下，针灸是不能治好耳聋的。

第六个问题，关于后天性耳聋，比如突发性耳聋、神经性耳聋，这类病人的语言已经经过学习并形成，就不会出现语言障碍（年龄很小的除外），后天性耳聋应找出原因对症治疗，再配合针灸，会得到不错的效果。

另外，对于突发性耳聋（暴聋），一般指72小时内突然发生的、原因不明的感音神经性听力损失，主要表现为听力突然下降或完全丧失，可伴有耳鸣、眩晕、恶心等，具体病因不明，可能与病毒感染、内耳微循环功能障碍、自身免疫等有关，可采取一般治疗、药物治疗、手术治疗等，一定要抓住治疗的最佳时间，就是发病的前三天，不过要恢复得更好，72小时内是最佳，越早治疗越好。

神经性耳聋是由于螺旋器毛细胞、听神经、听觉传导经路或各级神经元受损害导致的声音感受与神经冲动传递障碍所造成的听力减退。

突发性耳聋与神经性耳聋虽不一样，但都属于感音神经性耳聋。

对于慢性耳聋，不能说针灸完全没效，但效果不是很理想，一般治疗两三个疗程都没有起色的，康复的可能性就会比较小了。

当我们现在回头看这些问题时，就会发现五十多年前针灸治聋哑存在的一些问题。首先，对哪些聋哑人适合针刺治疗，没有严格进行筛选，基本上是来者不拒，我们治疗的多是耳聋十几年、几十年的病人；第二，对来访的聋人，没进行比较精准的残余听力的检测，以简单的击掌方式来确定有无残余听力是不科学的；第三，先天性耳聋，包括儿童语言障碍（是因为聋引起的语言障碍），及药物性耳聋，针刺是难以奏效的，等等。

有的人也许会问，既然你们当时没注意这些问题，应该治疗的效果不好，怎么又有治好的病人上台背诵毛主席语录呢？你们要知道，有的聋人的模仿能力是很强的，你对他进行语言训练时，对于有些较短的句子，他完全可以靠模仿口型发出声音来，我们就是靠这一点把他们推上舞台的，时间稍长，就又没有语言能力了。

深针哑门与传统的深度针刺哑门,没发现在疗效上有显著差别。

传统针法及新针疗法在治疗聋哑方面也未显示出优势。

> 黄鹤一去不复返
> 白云千载空悠悠
> ——《黄鹤楼》

一盘豆皮的忏悔

我父母原本在汉口做工,1938年日本人占领汉口后,他们就回到乡下了,一直到1968年,我母亲再也没有去过汉口。想想真有点难受,我要利用我归队的机会设法带母亲去汉口走一趟。离归队只有两天了,我对母亲说:"我要回部队了,你后天送我去汉口好吗?"

母亲说:"伢勒,从你出生那年,妈就没去过汉口了,汉口的门朝哪开我都不知道了。"我是在日本人占领汉口后的1939年出生的,1968年,我已是29岁的人了。

我说:"对呀,您也该去认认门了。"

母亲说:"我这次不去,以后找机会吧!"

我说:"我在外读这个学校,读那个学校,包括我去部队当兵,您从来未送过我,这次您一定要送我到汉口。"我故意用"您从来未送过我"来激将她,装作可怜巴巴的样子。

母亲说:"你后天就要走,我也没思想准备,你明年回来探亲归队时我再送你到汉口吧!"

我说:"明年是明年,今年您先送了我再说。"

母亲说:"你这么大的人了,又不要人背着、驮着,今年我就不送了。"

我说:"我在外走南闯北,每次都是父亲送我,您一点都不关心我的。"我又一次使出激将法,不达目的不罢休。

母亲争辩说:"老爹送你,还不等于我送你,家里杂七杂八的事情多,我走不开呀!"

我说:"您这次走得开也不送我,我好可怜啊!"

我母亲耐不住我七说八说,尤其是有效的激将,终于说:"看样子这次不送你还不行了,你走时不愉快,我也不放心,送!送你!"

我说:"您真是我的好母亲。"并向母亲行了个军礼。

离家的那天,我们母子俩步行约15里才有公汽。我们乘上了汉口易家墩到汉口大智门的公共汽车。母亲看着窗外,自言自语地说:"唉,变了,变了,变化太大了!"怎么能变化不大呢?母亲离开她熟悉的汉口三十年了,此时的汉口已是一个新世界了。

我们在汉口解放大道的大智路站下了车,再从北向南穿行在大智路上。汉口中山大道大智路口有一家酒楼叫"老通城",以经营三鲜豆皮闻名,"老通城"的三鲜豆皮历史悠久,也最负盛名,是武汉民间极具特色的传统小吃,素有"豆皮大王"之誉。外地人到武汉皆以能吃到"老通城"的豆皮为乐。

"老通城"是我们去汉口天津路小姑母家的必经之路,一到"老通城"门口,我就对母亲说:"妈,我们进去吃点豆皮。"

母亲说:"到姑母家还有多远?到她家去吃饭吧!"

我说:"吃点豆皮再去吧!"我当时想,母亲几十年了好不容易来趟汉口,碰到特色小吃,不请她吃点,那太对不起人了。因为母亲离开汉口三十年了,尤其对变化了的汉口很不熟悉,当然就得听我安排了。

我们母子俩走进酒楼,找了一张桌子坐下,我买了两份豆皮,一人一盘。吃完豆皮,穿过中山大道不远,就是天津路我小姑母的家,好长时间不见了,姑嫂见面特别亲热。

那时从武汉去福建是先乘轮船到九江,然后再从九江乘火车到南昌,再到福建,我返程的票是提前买的,汉口到九江的轮船还是夜间开行,下午我将母亲拜托给了小姑母及表弟们,就乘船去九江了。

次年的探亲休假是在年底,当时母亲虽然已是65岁的老人了,但身体特别好。你别看她一双包裹过了的小脚,挑一担百十来斤的水走起路来那是轻轻松松,非常精神。

哪晓得在我这次休假结束、离家归队以后的半个月,也就是1970年正月初二,阳历2月7日,突然收到了小弟的电报,说母亲去世了,这真叫人难以接受。经了解,母亲是因为一件小事一时想不通而离开人世的。此时正是我们部队严阵以待,随时准备移防的关键时刻,我也未能回家看上她老人家最后一眼。在北京当兵的大弟赶回家中,为母亲送别了。

母亲的突然离开,给我留下无限的思念。我母亲叫高望娣,她家境贫穷,一生勤劳节俭,特别是有了我们三个孩子后,含辛茹苦把我们拉扯大,我们成人了,她却离开了。在她离世的前一年,我带她重返了她离开已三十年的汉口故地,这次重返汉口我请她吃豆皮的事,叫我忏悔了几十年,当时只要5角钱一盘的豆皮,我为什么只给她买一盘呢?怎么就不买多点，不买三盘，起码也得买两盘呀。

我常常自责："你对得起母亲吗？你长这么大也就这一次孝敬了她，你对得起她对你的养育之恩吗？"我像鲁迅先生笔下的祥林嫂一样，对我的夫人、孩子、亲戚、朋友，不止一次地说过这事，只怪我当时太不懂事了。

别看我母亲生前是一字不识的文盲，但有个歇后语，我觉得可能是她自创的，因为我是从她口里得知的，而且还听她说过多次，也没听其他人说过，叫"肠子痒，抓不够"。

对于买一盘豆皮这件事，我自己内心的忏悔，借用母亲说的这个歇后语来形容，那是再恰当不过的了，我对自己行为的悔恨那真是"肠子痒，抓不够"啊。

三颗冲天炮

我们部队驻福建,当时福建属前线。虽然已经解放多年了,美蒋特务还时不时找机会搞点破坏或扰乱人心的活动,一是刷存在感,二是不甘心它的灭亡,作垂死挣扎。我部驻地属闽北山区,我部修理营所在地光泽县猴子山及我们卫生营附近的深山里,经常能在夜间见到敌特施放的信号弹,为此,部队有时会派出小分队进行埋伏,希望能抓住发信号弹的人。埋伏行动搞了几次,有时一发现信号弹上天,立即进行包围抓捕也不见人影,后来推测是特务安放的定时信号弹,所以,根本就抓不到施放信号弹的人。

1968年我夫人来部队看我,正是我在地方治耳聋病人的时候,治疗站设在大街上一个尚未开张营业的储蓄所里,靠床边有一个球场。有一天晚上七点多钟,天已黑了,我、夫人,还有两个战士在一起闲聊,聊着聊着我夫人说:"我从武汉带了几颗'冲天炮'来了,你们有人敢放吗?"浙江兵林金焕说:"什么冲天炮?"我家夫人说:"就是一种燃放的鞭炮,燃放时它往天上冲,火花非常漂亮。"

林金焕说:"那有什么不敢放的?!你去拿来,我来放。"

我说:"不要搞了,天黑了,万一落到哪个地方引起火灾麻烦就大了。"

我夫人说:"就你考虑多,这种冲天炮本来就是小孩子玩的,不会出什么事的。"

林金焕说:"去拿来,我们在篮球场当中放,出不了事的。"

听了小林的话,我夫人就去把"冲天炮"拿来了,还教了小林燃放的方法,要他把"捻子(引火线)"点燃后赶快往后退,以防爆炸时伤到。小林把"冲天炮"竖在地上,露出引火索,口里喊着:"站远点,站远点,我点火了!"当小林把"引火索"点燃后,这"冲天炮"在地上转了一圈,听得"轰"的一声巨响,一团红色的火花"嗖"一下冲上空中,少说也有10多米。小林口里不停地说:"好玩,好好玩呀!"接着又熟练地把剩下的两个也燃放了。

大概过了个把小时的光景,我看见有三位军官在我们附近指手画脚的,好像在说什么,其中有一位是作训科的参谋,我认识的。

我说:"这么晚了,你们在这干什么呀?"

参谋说:"一个小时前,好像有三颗红色信号弹是从这附近发的,我们是来查看情况的。"

我不由得"哦!"了一声。心想,是不是刚才的"冲天炮"呀!我不敢做声。参谋他们忙了一阵子就走了,但我心里在打鼓,叫他们不放不放,这下惹出事来了吧。想是这么想,我也不敢对谁说。

大约过了半年,又碰到我熟悉的那位参谋,我说:"上次街上发现的红色信号弹查清楚了吧?"

参谋说:"哪里查清楚了啊,案子还记录在那里哩。"

我说:"你们就不要再查了,我查清楚了。"

参谋说:"你是怎么查清楚的?"

我说:"你那天到现场查时,我不是碰到你们了吗?"

参谋说:"是呀!"

我说:"这就对了。"

参谋说:"怎么回事?"

我说:"那不是信号弹,是我夫人带来的几颗冲天炮。"

参谋说:"当时你们怎么不说呀?"

我说:"我敢说吗?"

他把我的肩膀一拍说:"你们真是害死人,闹得我们半晚上没睡。"

当时美蒋特务经常在福建前线搞骚扰破坏,经常投放信号弹扰乱军心,前线军民警惕性很高,参谋他们以为"冲天炮"是美蒋特务放的信号弹,所以十分重视。对他们的工作造成困扰,我内心感到十分愧疚。

载入铁道兵史册的襄渝铁路

我入伍17年，正式参军报到在福州，随着大部队的移防，我到了闽北山区，到当兵的第6年，因修建襄渝铁路又移防到了陕西南部的安康。襄渝铁路完工后，我部又马不停蹄地奔赴长城外的滦平县参加沙通铁路的会战。这正如歌曲《铁道兵志在四方》所描述的那样，"离别了天山千里雪，但见那东海万顷浪，才听塞外牛羊叫，又闻那个江南稻花香。"我们到达的都是祖国最需要我们的地方，真是哪里需要哪里安家。

1970年初，我们从福建顺昌乘专用军列移防到陕西西安，再到陕南。列车从顺昌出发，途经闽北山区、江西、湖南、湖北、河南，到历史名城西安，跨越六省。此次在军车上待的时间是我这一生中乘车时间最长的，共4天3夜。到了西安，大部分官兵是从西安经镇安，沿秦楚古道，到青铜关，再拉练到安康的，7天走完200里。我们医院是坐汽车，经过两天，翻越白雪皑皑的秦岭到达安康的。医院驻扎在当时的安康中学。

襄渝铁路，东起湖北襄阳，西至重庆，与成渝、川黔、汉丹、焦枝、阳安等铁路接轨，横跨川、陕、鄂三省，是重庆连接中南、华北、西北的又一大动脉。该线全长895.3千米，按照设计，全线有隧道405条，其中长度3000米以上的有12条，2条隧道长度更是在5000米以上。有桥梁716座，最高桥墩达

76米，最长的达1600多米，由铁道兵部队负责施工，川、陕、鄂三省抽调民兵配合。

铁道兵先后投入8个师、6个师属团、2个独立团，约24万兵力。我所在的铁道兵师所承担的施工路段是襄渝铁路中段安康至紫阳段，该路段是全线最艰难的一段，深山峡谷、交通闭塞、人烟稀少、物资匮乏。襄渝铁路地形之复杂及工程之艰巨，和成昆铁路一样，是我国铁路修建史上少有的。三省动员民兵最多时达58万人，陕西省1969、1970两届初中毕业生共25800多人，听从祖国召唤，毅然奔赴秦巴深山，和铁道兵、民兵一起修建襄渝这条重要的战备铁路，出生入死，奉献青春和力量。这支生力军的加入，为襄渝铁路的建成，立下了不可磨灭的汗马功劳。三线学生兵那种报效祖国的崇高品质、艰苦奋斗的坚强意志、一往无前的英雄气概，是一笔无形的珍贵精神遗产。

五十多年过去了，正如我部原五十三团战士徐章土所云：当年我们这些20岁左右的年轻的铁道兵战士，现都已步入了古稀之年，每当我们回想起那火红的年代、艰苦奋斗的岁月、浴血奋战的场面、可歌可泣的情景，回想起那些为祖国铁路建设事业献出年轻生命、永远留在铁路边的战友时，真是感慨万千啊！

医生带情绪上岗真害人

大战襄渝铁路时,部队扩编,加上一些民兵、学兵参加施工,医院工作量较之在福建那时增加了好多。为适应形势发展的需要,上级决定将卫生营迅速扩编为师后勤部医院,承担全师以及有关民兵、学兵的医疗卫生任务。医院下辖一所、二所、辅诊所、劳动卫生所、药房及供给管理等部门,中药房也交由药房统一管理。

由于铁路施工与山石打交道的多,加之地势险峻,在修路打隧道、架桥梁过程中,大小外伤时有发生。医院多接收各团卫生队从施工现场转来的病人,不分白天黑夜,随到随收。我除了参加门诊接诊工作外,经常值夜班,接诊晚上送来的急诊病人,特别是外伤病人。

有一天深夜刚接收完一名外伤病人后睡下,又有单位送来了新病人,一晚上被叫醒了几次,我心里多少有点烦。病人是大拇指受伤,我心想,这种小伤病人单位完全可以处理,这么晚了,还往医院送,也太不负责任了。当时我叫病人与我一起到X光室去透视,看有无骨折。前一个外伤病人,我是请来了放射科军医的,现在的病人因是手指伤,用30mA的小型X光机透视就可以了,这机子我也会操作,也能做出诊断,所以就没有请放射科医生来。我左手拿着荧光屏板把柄,叫病人把受伤的手指放到荧光屏板下，右脚踩上开关，然后在荧光屏上一看到拇指骨伤情后就说："骨折，收病房。"

晚上值夜班，所以次日我休息。不知因什么事，我休息的那天上午去了X光室，X光室的同事一见到我时就说："李军医，你做的好事，病人是拇指骨脱臼，你给诊断成骨折，害得病人冤枉挨了一刀。"

我一听，心想出差错了，我当时不该带着情绪处理这位病人的问题。X光检查根本没认真仔细地看，一见到拇指骨间有一条缝隙就说是骨折，其实骨折与脱臼是有明显区别的。如果是骨折，它的骨折线是不规整的；如果是脱臼，它离开的两个面一定是整齐光滑的。这根本不是技术问题，完全是由于不负责任造成的误诊。

当时我就到病房去看了这位病人，还向他诚恳地赔礼道歉。这件事给我留下了永远难忘的教训。当医生，不细心，马马虎虎，那是会害死人的。

采药

安康,位于陕西省南部,北依秦岭,南靠巴山,东与湖北毗邻,南与重庆、四川接壤,汉水横贯东西,是全国闻名的四大药带之一,自古就有"秦巴药乡"之称。据称,安康共有中草药资源1299种,属《药典》规范的正式药材有282种,苦味绞股蓝为全国独有品种,还有地区中药材"八仙党""鸡爪车"、厚朴、杜仲、天麻等,在全国药材产区占有重要地位。黄连、黄芪、萱麻等传统大宗林特产品产量在陕西乃至中国名列前茅。

陕西安康镇坪位于大巴山北麓,境内最高海拔2817米,最低海拔540米,隶属镇坪的鸡心岭为陕、渝、鄂交界点,也是中国版图的"自然圆心",故镇坪享有"国心之县"的美誉。该县属北亚热带山地季风气候区,温和多雨,具有"冬无严寒,夏无酷暑"的显著特点。镇坪县得天独厚的自然条件和地理环境,孕育出种类多、质量佳、品位高的中药材,且分布广,是一个中草药的宝库。

我们到达安康的第二年,即1971年,医院先后两次派人到镇坪县及宁陕的寻阳坝采集中草药,到镇坪县采药的是一个卫生教导排的战士,计30人,在结业前,带上米、油、盐,在大山里工作了一个月,穿越了镇坪县境内大部分地区,收获颇丰。当时镇坪县还给我们派了两名采药向导兼顾问，为我们指引行进路线，并指导识别中草药。

在镇坪采药的实践，让我们增加了大量的中草药知识，很多都是书本上学不到的。

正确运用毛泽东语录

在修建襄渝线时，有位战士找我看病，说他2年前在施工时右手食指受伤，当时虽然处理了，但是现在不仅留下了疤痕，手指还不能伸直，呈屈曲状，他要求对这陈旧伤给予治疗。

我仔细检查了一下他受伤的手指，实际情况也如同他所叙述的，存在功能上的问题。根据我们医院当时的条件，还没有解决这个问题的把握。

他说："你们重新把它切开，把伤处再重新整理一下，将弯曲的手指拉直，不就解决了吗？"

我说："你说的方法专业名词叫'松解'，这是手外科的一个细活，我们医院在这方面还无能为力。"

他说："你们脑手术都敢做，一个小小的指头就做不了？"

我说："你别看这个小小的手指，结构可复杂呢，现在重新搞，搞得不好，可能还比原来差。"

这位战士叫我看他的手指说："这里抓不紧呀。"

我说："你的手指有点畸形，肯定对功能有影响。"

这位年轻战士的心情我完全理解，只是我们医院还没有人有解决这个问题的能力。这位病人显得很失望，似乎觉得我不把他这个小问题当回事。我好说歹说，他就是听不进去。他突然激动起来:"毛主席教导我们说,'三线建设要抓紧',你们不给我治疗,我怎么抓紧呀!"

当他说出毛主席的指示时,我实在感到有点无可奈何,他手指的陈旧伤怎么能与毛主席的教导联系得上呢?我也不与他争辩这个问题。只说:"这样吧,待我们医院有条件了,我专门去接你来诊治怎么样?"他说:"你这明明是把我推出门。"随后气嘟嘟地离开了医院。

大约过了一个多小时,机关的杨副师长打电话给我(杨副师长原是这位战士所在团的团长,后来调师机关的,这位战士原来一定和杨副师长熟悉)。

杨副师长说:"有位战士在我这里告你的状,说你不执行毛主席的指示,这是怎么回事呀?"

我说:"首长,你问问那位战士就知道了!"

杨副师长说:"你给我说说是怎么回事吧!"

于是我就把从接诊这位战士到他离开的情况原原本本地向杨副师长说了一遍,最后我说:"杨副师长,这位战士引用毛主席的教导,说他手指受了伤,我们不给他治手就是不执行毛主席的指示,所以跑到你那里告状了。"

杨副师长听了,竟在电话那头笑出了声。他能够理解医院当下没有条件为这位战士诊治,并嘱咐我,等什么时候有办法了,一定得治好这位同志。

我说:"那是肯定的。"

京通铁路与滦平

京通铁路（原名沙通铁路），南起北京，横贯赤峰全境，终至通辽，全长870公里。整个工程自1972年10月开工建设，1977年12月4日全线通车，1980年5月正式交付运营，历时8年时间。沙通铁路是继京哈铁路之后，连接华北和东北地区的第二条交通大动脉。

修建京通铁路，意味着铸就一条保卫东北、巩固国防、抵御侵略的钢铁运输线。

为了尽快完成京通铁路的修筑任务，中央军委调集铁道兵5个师参与修建，包括调集的民工，最高时达20多万人。我所在的铁道兵十一师担负南大庙马营子到张红湾百余公里的修建任务，其中猴山—虎什哈隧道长1422米，偏岭隧道（平坊—滦平）长2537米，马营子2号隧道（南大庙—猴山）长2929米。这是我师修建完成的隧道的一部分，面对山体断层纵横，石质破碎山体不稳，干部战士们沐雨栉风，风餐露宿，敢于拼搏，无私奉献，迎难而上，以血肉之躯完成了隧道施工任务，谱写了一曲惊天地、泣鬼神的时代壮歌，铁道兵的不朽功绩将永远名垂千古。我为光荣的铁道兵点赞，我为自己曾经是一名铁道兵战士而自豪！

在修筑京通铁路时，师机关及我们医院都驻扎在滦平县城。这滦平县隶属于河北省承德市，位于承德市西部，素有北京北大门之称，是沟通京、津、辽、蒙的交通要冲。滦平在1778年即乾隆四十三年正式建县，据区史记载，康熙、乾隆、嘉庆、咸丰等四位皇帝秋狝避暑往返滦平区域230次，是清朝皇室北行的必经之地。

  滦平地区普通话发音标准，是中国普通话标准音采集地。我国幅员辽阔，民族众多，方言太多，使用方言不利于不同地区人们的沟通和交往，最终决定以北京话作为基础来确定普通话标准音，但是因为北京话的儿化音太重，而滦平这里的话相对于北京话，没有那么多的儿化音，字正腔圆，而且音准分明，语调比北京方言硬一点，尤其没有尾音，显得直接、清晰、明确，比北京话更显正式，所以，滦平就成了普通话标准音采集地之一。

  要说滦平县是普通话标准音采集地，而滦平县的金沟屯镇金沟屯村就是当时的重点采集地，从1974—1981年的8年中，我几乎走遍了滦平的山山水水。金沟屯镇在滦平的东北部，我也去过那里，可惜当时并不知道这地方是普通话标准音重点采集地，没有很好地欣赏一下当地居民的标准发音，留下终身遗憾。

一匹马死了

中国是一个地域面积非常辽阔的国家,每个地方的生活习惯、生活方式也不一样,因此,就形成了独特的地方文化,这其中最明显的是各地方五花八门的语言,而这些不同的语言被称为方言。为了便于交流,我们国家统一使用普通话。推广使用普通话,有利于消除语言隔阂,促进社会交往,对社会经济、政治及文化建设和社会发展的重要意义那是不言而喻的。

在人员大流通的时代,特别是在部队中,人员来自五湖四海,如果大家都各说各的方言,不用普通话,势必给交流带来障碍。军队人员不使用普通话,有时可能会造成不可估量的损失,尤其是打仗时,若用方言传达命令、指示,可能会造成严重的后果。

1968年,我所在部队的工作人员与北京铁道兵后勤部人员之间就曾因使用方言,造成执行任务发生错误。

某日,我部后勤部战勤科参谋向后勤部首长汇报说:"北京铁道兵兵部来电话,有一匹马死了,要我们做好在顺昌火车站(即我部在福建顺昌县驻地的火车站)卸车的准备。"该参谋用上海话接着说,"我打算从汽车连抽调一个班的兵力在后山先把掩埋死马的土坑挖好,待火车到达时,我们带上吊车及原班人马在火车站接车,接到死马后,马上送去备好的坑里掩埋。"

后勤首长说："看来也只能这样了,你们务必准时接车,不能误车,并注意安全。"

当晚9时许,从北京开来的火车准点到站,当军列门打开时,跳下来两名军人,高喊道:"你们谁是接车的呀?"

参谋快速迎上去说:"我们是接车的,都准备好了,正等着你们到来哩!"

北京来的人说:"你们赶快上到车厢里卸货吧!"

参谋说:"我们带了大吊车,卸货方便。"

北京来的人说:"用不着吊车,你们上去几名战士,迅速把一包一包的马饲料掀下来就行了。"

参谋操着上海话说:"你们不是有一匹马死了吗,在哪里?"

北京来的人说:"谁说是一匹马死了,我们说得很清楚,是说有一批马饲料。"听北京来的人这么一说,接车的人都像木偶一样站在那里一动也不动,过了好一会才回过神来。

你看,这是不是不讲普通话闹的笑话?

部队送我到武汉学习一年

那是1974年,我部从陕西安康移防到河北滦平,参加修建京通铁路大会战,年底的某一天,我给师政委杜喜仁看完了病后,他对我说:"这地方离北京不远,条件比在陕西安康好,到时候送你到北京进修一下。"

我说:"首长,你安排别人去吧,我不想去学。"其实,我当时心里另有想法,只是不好直说。

杜政委说:"去学习学习,提高一下好。"并且说,"你回医院后把我的意见给你们院长、政委说说,请他们给予安排。"杜政委这一说,我也不好多说什么,我只好说:"好,谢首长。"

回医院后,我没有马上把杜政委的意见向院领导汇报,经过几天的考虑,我才去向院领导报告了杜政委的意见。我们院领导也非常支持,征求我的意见,问我觉得去北京哪家医院进修好,以便派人去联系。鉴于这种情况,我不得不给院领导说了我的真实想法。

我说:"我家里困难一大堆,以前曾给你们汇报过多次,你们是知道的,我想转业。"

院长说:"你经常给杜政委看病,对于杜政委你应该是了解一些的,他关心一个军医学习的事,那是少有的,你应该理解领导的一片好意。"虽然我不是军政干部,但对杜政委这个人,我是多少了解一些的。他1970年任师副政委时,我就常给他看病或提供疾病咨询。通过看病接触及部队有些干部传说,杜政委是一个特别有能力、有魄力、有威信的领导干部,爱学习,政策水平高,处事果断,敢于负责,公事公办,不徇私情。

我们院领导的意见是让我不要辜负了杜政委的一片好心,有什么困难,待学成回来再说。千万不要搞得学也没学成,弄得大家都不高兴!并叮嘱我:"你这时千万不能再提转业的事。"

院领导的话,我觉得也对,心想,这事一定要慎重处理。

院领导说:"你再好好想想。"

其实,院领导对我的困难还是十分了解的。

我母亲已于1970年去世了。

我们家三兄弟,大弟仁刚,在部队10余年,他们有2个孩子,夫妻分居。

我小弟,仁寿,夫妻俩在我老家农村生活,有4个孩子,大的才6岁,小弟是农村基层干部,弟媳务农。他们自己既要工作,又要带孩子,料理家务。我父亲李敦芳,字宏顺,与小弟一家生活在一起。父亲年事已高,经常生病,有时卧床不起,生活不能自理,虽然需要照顾,但我小弟却无法特别照顾他。所谓"久病床前无孝子",可能就是这种情况吧。

再说说我本人的小家吧,我夫人本是武汉人,从湖北省幼儿师范毕业后,服从国家分配,到离武汉100多公里的大别山区大悟县一区小学任教。我们有3个孩子,最大的孩子才4岁,既工作,又带孩子,困难可想而知。

我夫人兄妹5人,父亲已去世,兄、姐、妹分别在北京、河南、天津工作。她有个70多岁的母亲,武汉生、武汉长,哪里也不愿去,一个人待在武汉,也需要人照顾。我们一大家人,真是七处起火,八处冒烟,简直没有办法。

院领导又一次听了我的陈述后说:"慢慢来,问题总是会解决的,先去学习再说。"

我说:"我有个要求,能否让我到武汉去进修,顺便把家里的事协调一下。"院领导相互对视后,院长说:"可以吧,去武汉也行!"

政委说:"你能联系上武汉的进修单位吗?"

我说:"问题不大吧,我可以找同学帮忙。"

院长说:"联系好了你就告诉我们。"

我所联系的进修单位是武汉市第二医院的西医内科,进修时间一年。这个医院在当时来说,属武汉市级医院里数一数二的。我一回到武汉,夫人就把2个大孩子送回来了,让我边进修,边与岳母一起带这2个孩子,夫人身边还有一个孩子,相比一个人带3个孩子,压力就小多了。我进修也忙,实际上带孩子及料理家务的事全由岳母承担了。

鉴于小孩子多,家务事多,工作又忙,照顾父亲有困难,我就把父亲安排到了我表姐家寄居(表姐系父亲姐姐的女儿)。我那表姐夫宋义成、表姐韩环芝真是天底下的大好人呀。对我父亲照顾周到，体贴入微。可是好景不长，在表姐家住了约2年后，因表姐家房子要拆迁，父亲只好又回到了小弟那里。回到自己的家后，父亲日渐衰老，直至卧床不起，到1979年就去世了，享年74岁。

对于父亲，我与大弟确实是照顾不到，没尽到该尽的责任。我母亲去世的前一年，我唯一孝敬她的事就是买了一盘5毛钱的豆皮给她吃了。为这事，我忏悔了一辈子，深感对不起老人家对我的养育之恩。父亲去世的前一年，我回汉探亲时，把他从床上抱到堂屋，为他洗了一个澡，这是我对父亲做的唯一的一件孝敬事，虽然只是仅有的一件小事，对我的心灵来说，却也是一个极大的安慰了。想起来真叫人痛心呀！

我在武汉学习，适逢1975年中央军委扩大会议召开，强调军改要精简整顿、安排超编干部。得到这个消息后，我自认为从部队转业有望了，于是给部队医院写了一封信，要求转业。医院于光政委回信说："安心学习，转业的问题待回到部队再说。"政委在信中还安慰了我几句。

我在武汉进修，应该说收获还是很大的。地方医院病人多、病种多、急重症多，实践的机会也多，真能锻炼和提高业务技术能力。

1976年5月学习结束后回到部队，于政委对我说："前段时间杜政委到医院来体检，还专门问到你在武汉学得怎样？我们说学习得还不错，就是家庭困难，要求转业回地方。"他接着说，"杜政委一听说你要转业，很生气地说你与我们就不是一条心,这样培养你,你却要离开我们。"

于光政委说:"你进修刚回来,转业的事暂时就不要讲了,放一放再说。"

道理也确实是这样,把转业的事放一放再说吧。

> 白日登山望烽火
> 黄昏饮马傍交河
> ——《古从军行》

抗震救灾与三等功

1976年7月28日凌晨3点42分,唐山、丰南一带发生强烈地震,当时我们在滦平县,也有强烈的震感。地震发生的当天下午,丁广审院长通知我,准备随时带一个医疗小组奔赴唐山抗震救灾。军人以服从命令为天职。我们进入丰润时是当天下午4时,由于当时进出唐山的车辆包括人员以及牛、马车极多,交通受阻。丰润到唐山火车站不过20公里路程,我们的汽车整整走了12个小时,汽车启动一次,经常是开不了两根电线杆之间的距离又被迫停下,简直就是爬行。7月30日凌晨4时,我们小组终于到达指定地点——唐山火车站广场。

到了唐山火车站后,我们医疗小组被编入我部属下的52团卫生队,协助该卫生队的医务人员完成对该团抗震救灾的部队人员的医疗卫生保障任务。52团的主要任务是抢修遭破坏的震区铁路。唐山大地震造成大量的建筑及房屋倒塌,铁路、公路、水源均受到毁灭性破坏,交通堵塞,而且余震不断。我们到达唐山的前三天,真是无立足之地,白天在烈日下暴晒,晚上只能找一块比较安全的空地露宿,加之天气炎热,饮用水、生活用水都得不到保障,给生活造成极大的困难与不便,但大家都毫无怨言。

由于地震,水源遭破坏,苍蝇、蚊子多,卫生条件极差。

震区细菌性痢疾流行,并影响到救灾部队。我们就地取材,用野生马齿苋、辣蓼煎煮成大锅汤,动员干部战士服用,指导和帮助各施工连队配置消毒液,对餐具、双手进行消毒。另外,每当进餐时,动员每人每餐食用2~3瓣生大蒜,强调搞好手的卫生;对已经发病的人员进行积极治疗。这些措施对控制细菌性痢疾的流行起到了很重要的作用。

当时驻地蚊子多,由于救灾部队走得急,很多人没带蚊帐,我们想出了1顶单人蚊帐供6个人使用的办法,即3个人1组,2组的6个人头顶着头睡,各人把胸以上到整个头部置于蚊帐内,各人腹部以下,盖上床单防蚊虫叮咬,效果良好。

到抗震救灾后期,在受灾灾民基本得到妥善安置的情况下,部队领导指示我们医疗组配合卫生队人员一起,给驻地的生产大队建一所卫生所,保证在部队撤离后医疗有保障。我们从残垣断壁中挑选出还能用的木材及砖头、瓦片,顶着烈日,大家齐动手,大约一周的工夫,一个比较像样、实用的卫生所就建成了。我们还从卫生队的药房中调配了一些常用的药品到新建的卫生所,当地群众十分满意。

在抗震救灾期间,对于部队干部战士生病的,我们是随叫随到,及时诊治。我们还主动下到各连队巡诊,做到早发现、早治疗。

我是一个"提得起、放得下"的人,家里困难就想着转业解决问题,但是当部队领导交给我什么任务时,我也是竭尽全力去完成,绝不让领导操心。

唐山大地震后的9月中旬,我们医院领导亲自来唐山看望、慰问在唐山参与抗震救灾的院内医务人员，同时宣布为我记三等功，以表扬我在唐山抗震救灾中所做出的成绩。这是我在部队第二次荣立三等功了。第一次还把立功的喜报寄到了我的老家。令人不解的是，当时院领导还代表铁道兵干部部门宣布我被晋升为主治军医。这主治军医是业务技术职称，应该通过本人申请，医院考核，报上级审批，合乎主治医生要求才提拔的，怎么在抗震前线宣布呢？我一直不明白。不过，我此前已任军医11年了，按常理，也是应该有晋升的机会的，因为"文化大革命"，职称晋升机制冻结。我在唐山抗震前线晋升为主治军医，标志着我们医院晋升职称的重新开始，我算是我们医院在"文化大革命"后第一个晋升职称的人。

我转业了

1978年，我在武汉探亲休假的某天，我们正在吃晚饭，师里管干部的张慕峰副政委在作训科刘汉林参谋及夫人的引领下，突然来到我的住地看望我们。首长来了，我们立即停止了进餐，将他们带到楼上就座。当时我夫人及孩子是住在我岳母的房子里的，这房子系1947年我岳父私人搭盖，楼梯又窄又陡，光线也差，张副政委有点胖，上楼时刘汉林的夫人在前面拉着，刘汉林在后面护着，以防张副政委摔倒。

上楼后，张副政委在我们卧房靠窗户的桌边坐定后说："李军医，我们以为你要求转业是留恋大城市生活。"张副政委咳了两声后接着说："唉，我看你这也没什么值得留恋的啊。"

我说："首长，我哪是什么留恋大城市啊，我实在是有具体困难呀。"我指着我爱人说，"她因高血压发作住院，昨天刚出院，头上还裹着头巾哩！"

张副政委说："我进门就看见了的，原来是住院了的啊。"

我说："她住院，我就在家照顾这三个孩子的吃、住，最大的孩子才7岁哩！"张副政委上了楼，三个孩子也跟着上了楼，像看稀奇的，齐刷刷地站在那里，看着来家里的客人。

我接着说："本来我岳母也是生活在这里，看到我回来休假，便利用这个机会到河南安阳去看望她的二儿子和小女儿了，但是我的休假后天就到期了，真是没有办法啊。"

张副政委说："你可把家属（指我的夫人）带到部队去住一段时间啊。"

我说："大孩子在上学，我夫人是他们小单位的负责人，也不好请假，她是无法去部队的。"我接着说，"张副政委您可知道，因夫人身体不好，孩子又多，又小，我夫人在十年中仅去部队探亲了一次，为我全军少有呀！"

张副政委深情地说："我今天有点时间，突然来看你，这样看来你确实是困难。这样吧，你假期到了，我回部队第一件事就是去你的医院帮你延假，你什么时候把家里的事情安排好了再归队。"

我说："谢谢首长！"

站在一旁的刘参谋夫人插话说："李军医家确实困难，您是管干部的，就让人家转业吧。"

张副政委后来又询问了我一些问题，扯了关于武汉的一些闲话，就离开我家了。我把张副政委送出了门，最后又补充了一句。我说："张副政委，我大弟也在北京当兵，我父亲无人照顾，被我安排在我表姐家，已住了两年多了。"

张副政委啊了一声，没继续说什么，刘汉林参谋就带着他离开了。

我还是能从大局出发的，在家多住了三天，事情理顺当后，就回到了部队。

忘了是1979年还是1980年，机会来了，铁道兵缩编，我师与另外一个师合并，1981年我就获得批准转业回地方了。到

1984年,铁道兵集体转业,由铁道部管辖。

我虽然离开了铁道兵部队,而且铁道兵部队也不存在了,但对于我来说,还是十分怀念那里的,因为我在铁道兵部队生活了17年。

我深深觉得:当兵,值!

医师篇

禹穴藏书地

匡山种杏田

送二季之江东

我转业到了一所教学医院

我是1981年底转业到武汉医学院附属第一医院的,即后来的同济医科大学附属协和医院,亦即现今的华中科技大学同济医学院附属协和医院。这是一所老医院,始建于1866年,是扎根武汉历史最悠久的一所集医疗、教学、科研于一体的,由国家卫生健康委员会直管的大型综合性教学医院,系国家首批三级甲等医院之一。这里人才济济,医疗条件在湖北以及周边地区也是数一数二的。医院面对的是武汉地区、湖北全省乃至省外的病人,工作量大,病种多,疑难重症多,急症多,有好多病是我在部队工作时没见过的。我转业所在的是该院的中医科。当时科内有8名老中医,他们都是解放前私人开业,解放后被请进医院的。

20世纪30年代,北京城曾有四大名医闻名全国,施今墨老先生正是其中之一。他的继承人朱师墨老先生就是我转业的这个科室的教授,也是行政科主任。

中医科医师基本由两部分人员组成,一部分是以8名老中医为代表的纯中医人员;另一部分是西医学习中医的人员。中医科行政副主任、中医夏幼周教授是1933年国医专科学校毕业的;副主任沈士芳教授是解放前从贵阳军医大学毕业的。看着他们的资历,真叫人肃然起敬。

我被分配到中医科病房工作，中医科病房病人分为两大组，即纯中医中药组与中西医结合组。我在部队时是主治医师职称，转业到中医科后仍任主治医师，并负责病房中医组的工作。副主任夏幼周、沈士芳是我们中医组的直接领导，西医学中医的陈思源老师配合、指导我们的工作，医疗上遇到什么疑难病症解决不了的，有时还要请名老中医李幼安老师直接查房指导。

我们中医组的病人全部使用中药，不允许用西药，就是用一片阿司匹林，也要科室主任、副主任批准。

中医科与全院其他西医科室一样，主要承担医疗、教学、科研、培干四大任务。医疗上除病房工作外，每天还要处理大量的门诊工作；教学方面主要承担医学院本科生《中医学》的教学任务；科研方面，主要根据科室业务特点选题进行，我刚到中医科时，已经有几个科研小组正在开展工作；培干方面，指的是日常上级医师指导下级医生，带进修、实习生，业务讲课，等等。我在部队也指导过下级医生，开展过大量的教学工作，而科研这一块，对于我来说，则完全是空白。

转业到协和中医科，医疗工作基本适应后，随即而来的是要给本科生上《中医学》大课，领导也不了解我有无教学能力，也不敢贸然排我去上大课，除要求我原部队出具在部队完成教学工作情况的证明外（要求注明授课对象、完成教学的学时总数），为了考查我的教学能力，还安排我到当时的江汉科协办的业余医大讲课，科室派专人去听我的课。我转业到科室仅几个月，中医教研室在1982年9月就开始给我安排卫生系80

级一个大班（约100多人）、70个学时的《中医学》教学任务。我独立完成了任务，教研室的评价是我完全胜任本科生《中医学》的教学任务。

自此以后，教研室基本都会给我安排学时不等的教学任务。

到1985年我担任中医科行政副主任时，科室的教学任务基本上都由我负责，直到退休。

中医师承是必不可少的

我从中医学院分到部队从事中医工作也有十多年,靠的就是在校跟师与实习时学到的那点本事,其他的都是书本知识。我所在的部队医院,是因为我的到来才有了中医的,此前根本没人专门从事中医工作。也就是说,我刚参加工作时,在中医业务方面是无人指导的,可以叫做抱着中医书本摸索前进。

我这里只谈一个问题,在中药的实际应用方面,除了课本上写的、《药典》上规定的,自己发挥的空间是不大的。特别是有些"毒药"的应用,是不敢越雷池半步的,因为自己没有经验,只好按规矩办事,否则,出了事情不好办。我举几个例子,借以说明这个问题。

比如说,细辛,出自《本草利害》,其用量有"江南江北不过五"的说法,即长江以南的人,或长江以北的人,用此药其量不要超过5分(旧制5分为1.56克),若超量使用,可能出现药物毒性反应,甚至危及病人生命。

再如,马钱子,别名番木鳖,出自《本草纲目》,苦,寒,有大毒。内服:0.3~0.6克,炮制(油炸法或砂烫法)后入丸、散用。未经炮制或剂量过大会致人死亡,我在部队从不敢用此药。

又如,附子,出自《神农本草经》,为毛茛科植物乌头的侧根。辛、热、有毒。内服：制附子3~9克，须久煎。本品含消旋去甲乌头碱、新乌头碱、乌头碱等，中毒反应同草乌，出现唇舌、手足发麻，运动失灵，心律不齐，甚至心脏及呼吸麻痹而死亡，等等。

我在部队工作十几年，对上述药品的应用是非常谨慎的，即使一定要用，也绝不突破规定的剂量范围。可是，当我转业到协和医院中医科后，发现有经验的老中医们对某些中药的应用剂量，是有自己的实践标准的，如上述的细辛，经常会用到5克；我从未用过的马钱子，名老中医李幼安是经常常规使用的，其剂量按《药典》的要求，还是比较安全的。

有一天我值夜班，有一位不是我经管的病人对我说："我今天不知是怎么搞的，左大腿隔一会就抽动一下，停了抽，抽了停，怪难受的。"

我说："你以前有左大腿抽筋的毛病吗？"

病人说："我有坐骨神经痛的病，但从来没有抽过筋呀！"我随即检查了一下他的肢体运动情况，也没发现什么特别异常的地方。

我问病人："你今天吃了什么与平时不一样的药吗？"

病人说："我找李幼安老中医看了的，他开的中药，我是今天才开始吃的。"

我说："你喝中药到现在有几个小时了？"

病人说："有两三个小时了。"

我说："你把李幼安老先生开的处方给我看看。"病人从床头柜里拿出门诊病历给我看。

我说:"李幼安老先生开了七剂药,你今天吃了一剂,应该还有六剂呀。"

病人说:"药房煎剂室说我还有六天的药。"

我说:"李幼安老先生开的药还有个'小包子',你收到了吗?"

病人说:"收到了,我吃中药时就把这个'小包子'的药兑在一起喝了。"

我说:"你把那个'小包子'的药一次都喝了?"

病人说:"都喝了!"他这一说不打紧,可把我搞得很紧张。那个"小包子"包的是马钱子粉末,嘱病人分七天服的,可病人一次把"小包子"全服了。病人左腿抽筋、跳痛可能就是吃马钱子超量的缘故。我嘱病人多喝水,还给他急煎了一碗甘草汤马上喝下。到当晚的后半夜,病人左大腿抽动才停止了。

再说制附子(已经过严格炮制过的)的应用。制附子的功效是回阳补火,温中止痛,散寒除湿,治亡阳汗出,四肢厥冷,脉微欲绝;治脾胃虚寒,脘腹冷痛,呕吐泄泻,冷痢;治肾阳不足,畏寒肢冷,阳痿尿频,肾虚水肿;治风寒湿痹,阴疽疮漏。[①]1984年,我科朱师墨教授有一篇病案四则是我在湖北省中医内科学会上宣读的,其中有一则是一个患肾病综合征的小孩全身浮肿、蛋白尿的病例,每天熟附子的用量竟达30克,此前,我用熟附子是从未超过15克的,不禁感叹朱教授真

---

① 《中医大辞典》编辑委员会. 简明中医辞典[M]. 北京:人民卫生出版社,1979.

敢用药，这应是他经过长期临床实践探索的结果。

我的体会是，刚毕业出校门的中医，有人指导与没人指导是完全不一样的。

上述所论之药，非从医者，不要盲目尝试。

精与诚是对医者的明确要求

专业技术人员的职称晋升工作在暂停了好长一段时间后于20世纪80年代逐步恢复正常。那时的职称晋升是要考试一门外国语的，但对于从事中医药专业的人员，可以以《医古文》的成绩替代外语考试成绩。为此，大约在1983年，医院专门为中医科工作人员举办了一期100个学时的《医古文》业务补习班，选用了中医药高等院校教材《医古文》作为补习班教材。由从外院特聘来的专职《医古文》教师讲授，这一举动深受中医科各级医师及有关人员的欢迎。

我不谈这个补习班对后面科室人员的职称晋升起了什么作用，只是想说说当年所选学的一篇古医学文章对我们从医者的教育、启发与影响。

文章名曰《大医精诚》，出自唐朝孙思邈所著之《备急千金要方》第一卷，乃是中医学典籍中论述德的一篇极重要文献，为学医者必读。《大医精诚》被誉为东方的希波克拉底誓言。我在大学阶段是学过《医古文》的，但不知什么原因，授课老师并未对此文进行讲授。

对于孙思邈，人们并不陌生，他一生勤奋好学、知识广博，深通庄、老学说，知佛家经典，阅历非常丰富。他终身不仕，隐住深山老林，采制药物，为人治病。他搜集民间验方、秘方，总结临床经验及前人医学理论，为医学和药物学的发展做出了重要贡献，被后世尊称为"药王"。他也是第一个完整论述医德的人。

《大医精诚》的主题是"精"和"诚"，认为医道是"至精至微之事"，故医者必须博极医源，精勤不倦，医者要有精湛的医术，若用极其粗浅的思想去探求它，那是很危险的。这就是孙思邈所说的"精"之意吧。所谓"诚"，就是要求医生要有"见彼苦恼，若己有之"的心，策发"大慈恻隐之心"，进而发愿立誓，"普救含灵之苦"，且不得"自逞俊快，邀射名节"，不得"恃己所长，专心经略财物"。

另外，《大医精诚》还对德艺兼优的医者的工作作风提出了明确的要求："夫大医之体，欲得澄神内视，望之俨然。宽裕汪汪，不皎不昧。省病诊疾，至意深心。详察形候，纤毫勿失。处判针药，无得参差。"意思就是说，医生在诊察病人时，要聚精会神，全身心地投入，态度要严肃稳重，不得东张西望，瞻前顾后；气度堂正宽宏，不卑不亢，专心致志，细查病情，辨证施治，用针、用药不得有误。

史载，孙思邈生于541年，他一生"以德养性，以德养身，德艺双馨"，成为历代医家和百姓景仰的典范。若每个医生都秉承大医之心，行大医之道，全心全意为病人服务，医患关系将会更加和谐。

光靠诊脉难以准确判断病情

有一天,有个朋友问我:"李医生,中医是不是一摸脉就什么病都知道了呀?"

我说:"中医看病是要通过望、闻、问、切才能判断病人的病情的,诊脉只是诊疗过程中的重要一环。"

朋友说:"有没有只摸脉就知道病人病情的?"

我说:"要是有,那也是极个别情况。一般来说,中医看病要'四诊合参'!"

朋友说:"京剧《沙家浜》里有两句台词,'病家不用开口,便知病情根源'"。

我说:"那是在演戏,实际情况并不是这样。"

朋友说:"最近我去请一位中医看病,坐下来,正准备向这位中医陈述病情时,他一只手摸在我的脉上,另一只手示意我不要讲话。"

我说:"医生没问你是哪里不舒服?"

朋友说:"医生已暗示我不要讲话,我就没机会诉说我哪里不好了。"

我说:"后来呢?"

朋友说:"两只手的脉诊完了,他就给我在计算机上开药方了。"

我说:"整个过程医生连一句话也没说吗?"

朋友说:"医生说了一句话,叫我把舌头伸出来。过了几分钟,医生就把开好的处方交给我了,叫我去缴费拿药。"

我说:"你没向医生要求诉说一下病情?"

朋友说:"要求了,医生说,你回去吃我的药就行了,接着喊了下一个挂他号的病人。"朋友接着说,"我观察了几个病人,这位医生都是这样看病的。"

我说:"正儿八经的中医哪有这样看病的呀?"

朋友说:"我也不放心呀,我并未去拿药。"

我说:"现在有人反映,个别中医为了招揽病人搞歪门邪道,就是没人管,这是很不正常的。"

朋友说:"我病多,又相信中医。有一天,我又去一大医院看中医,轮到我看病前,医生要我把双手放在水中浸泡半小时后再切脉。你是老中医,中医书上有这方面的记载吗?"

我说:"没见过。"

朋友说:"还有用双手摸脉,医生两只手同时摸病人两只手的脉,是为了节约时间吗?"

我说:"古人没有这样搞的。"

朋友说:"还有医生摸病人的脉,手指刚搭上去没一会就结束了,都不知他摸到了脉没有?"

我说:"这种情况在东汉时期的医圣张仲景就批评过,他说'动数发息,不满五十''所谓窥管而已!'就是说,医生摸到病人脉的跳动还没有五十次,就结束了,这样是不能切脉准确的。"

朋友说:"有的中医这样搞下去,还有人相信吗?"

我说:"经是好的,念经的人把经念歪了,不好办。"

朋友说:"中医内部没人管吗?"

我说:"内部只管捉了几只老鼠。"

两人会意地笑了。

中医药文化缤纷多彩

中医药文化是中华民族的瑰宝,底蕴深厚,源远流长,充满智慧和神奇。中医药文化的博大精深,不仅体现在中医学本身,更体现在其文化内涵中。大量的、丰富的描述中医学术内容的精美语句及诗词歌赋,既是中医药文化的重要组成部分,也是中医药理论体系的表现形式。它们是中医药文化的珍贵遗产,也是中华文化的重要组成部分。读中医书,不能不说是对中医药文化的一种享受。这里,我信手拈来几则,试与读者共享。

《黄帝内经·素问·四气调神大论》云:"是故圣人不治已病治未病,不治已乱治未乱,此之谓也。夫病已成而后药之,乱已成而后治之,譬犹渴而穿井,斗而铸锥,不亦晚乎?"这些精美的句子,是经典中的经典,是古人预防思想的伟大体现,强调了"治未病,防患于未然,未雨绸缪"的重要性。言简意赅,主题明确,比喻贴切生动。

《伤寒论》序中有下列一段话:"但竞逐荣势,企踵权豪,孜孜汲汲,惟名利是务;崇饰其末,忽弃其本,华其外而悴其内。皮之不存,毛将安附焉?"批评当时有些人只是争相追求荣华权势,仰慕权贵豪门,迫不及待地追求名利地位,重视名利之末节,轻弃身体之根本,虽使自己外在华美,却让自己身体衰败。皮都没有,毛将附在哪里呢?语言虽然有点刻薄,但态度十分中肯,文字的精巧美妙就更不用说了。

中医对"痛"的原因的看法有句名言,叫"通则不痛,痛则不通"。比如治疗腹痛,多以"通"字立法。《医学真传》论述"通"字之意,可谓精彩绝伦。曰:"夫通则不痛,理也。但通之之法,各有不同,调气以和血,调血以和气,通也;下逆者使之上行,中结者使之旁达,亦通也;虚者助之使通,寒者温之使通,无非通之之法也。若必以下泄为通,则妄矣。"可见"通"并非单指攻下通利。文字写得精妙,真叫人拍案叫绝,这就是内涵丰富的中医文化。

有些中医学人,为了中医的传承、学习、记忆,把中药按寒、热、温、凉四性,编成"药性赋",把常用方剂编成"汤头歌括",把脉系编成"脉体诗",内容丰富,花样繁多。

我这里所收集的一首"脉体诗"的四句,也可谓精巧美妙。

> 露颗圆匀宜夜月,
> 柳条摇曳趁春风。
> 欲求极好为权度,
> 缓字医家第一功。

脉象有正常脉象与病脉两类,一般称正常脉为平脉。脉学史上有一个很大的成就,梦觉道人立缓脉为衡量标准,以与病脉作比较,从而带来了诊脉在临床上的便利,被人们赞为万世不朽之功。从此，人体正常的脉既称平脉，也称缓脉。上面的四句诗，实际上是描述缓脉脉象的。

　　一般来说，一呼一吸谓之一息，在一息中，脉动四至（次），且不浮不沉，恰在中取；不迟不数，往来均匀，应指和缓，脉象如柔和的春风轻轻吹拂着杨柳，这就是缓脉。

　　诊脉是业医者的必修课，首要任务就是要知道什么是正常脉，把正常的脉象弄懂、弄通、搞清楚了，你才能知常达变。这也为业医者树立了一个评判标准，指示医生应达到的水平。

　　医生面对的是病人，既然是病人，就会表现出异于正常的脉象，业医者的责任就是把各种病所表现的不同体系脉象调整、转化为正常的脉象，即缓脉，或称平脉，这就是医生的功劳，所以诗曰：缓字医家第一功。

医患在诚心交往中建立和谐关系

医生的责任是救死扶伤，治病救人，预防疾病。在这个过程中，如何做到使病人满意，愿意把生命托付于医生，关键是医生要以医疗过程中的实际行动，拉近与病人的距离，其中，诚心的沟通是必不可少的。我这里以门诊接诊一个内科病人为例，来说明和谐的医患关系是如何在须臾间建立的。

病人到门诊，有什么病痛，可充分向医生倾诉，直到医生听明白为止。病人诉说完了以后，医生要在病历上作些必要的记录，不是病人一说完就叫病人去做这检查或那检查，而是请病人上到诊断床上，给病人做必要的体检，边检，边问。医生问得详细，病人回答得仔细，无形中就拉近了医患之间的距离。病人的第一感觉一定是：这个医生好负责哟！这无形中也使病人对医生产生了信任感。体检视情况而定，一般是从头部开始的，检查哪些项目，由医生根据患者病情决定。摸浅表淋巴结、听心肺、摸肝脾是必不可少的项目，有时还要拿出一个小锤这里打打，那里敲敲，等等。医生这样对待一个病人绝不是做戏，以前就是这样做的，大家也习以为常，因此也属于常规检查。如果有个咳嗽的病人，说："我咳嗽三天了，能否给我做个透视？"医生说："我刚才听过你的肺部了，情况还好，不需透视。" 因为医生体检得比较仔细，病人也非常相信医生，所以病人会选择听医生的意见。

过去科技不发达，医疗仪器设备也不是很先进，那时对医生强调"三基"，要求医生要掌握基本理论、基本知识、基本技能。"三基"水平的高低，是衡量一个医生业务水平的重要依据。当然就是现在，"三基"水平也是医学教育质量评审的重点。

科技的飞速发展与创新，已经成为推动社会进步的重要动力之一。在医学领域，科技也起到了至关重要的作用，推动了医学的发展与进步。科技创新不仅为医学领域提供了前所未有的工具和技术，也为疾病的预防、诊断和治疗带来了新的突破。利用高科技，为人类的医疗保健事业服务，这是谁也不会拒绝的，问题是作为医生，在诊疗疾病的过程中还是要发挥自己的主观能动性。有的不需检查的，自己能判断的，要大胆地做出判断，以显示自己过硬的技术水平，也使病人更相信自己，还能赢得病人的尊敬。一定要借助仪器检查的，那还是要检查，为正确诊断、治疗提供依据。

医患关系融洽、沟通畅通对正确选择必要的检查项目与治疗是十分有利的，不会出现过度检查和过度治疗的问题。例如，在从来没有症状的情况下，发现胆囊结石或发现结节等如何处理，要充分听从医生的意见和建议。只要医患一条心，医者仁心，协商的结果必然是最佳的，遇到这种情况绝不能互相猜忌，这样对病人是有百害而无一利的。

中西医治病理念不同

何谓中医？中医及中国医学之谓也。通俗地说，中医就是中国的医学，以区别舶来品——西医。什么是中医，还有一层意思，即中庸医学。中庸是儒家思想，主张待人处世不偏不倚，无过之，无不及。山东大学哲学系教授刘大钧提出，中医是医易结合的一个概念，以《易经》中的原理治病，恢复阴阳平衡，即是"中"医。刘大钧认为，中医经典著作《内经》处处渗透着易学中的原理，阴阳偏盛偏衰，功能太过或不及，均能导致疾病产生。通过各种适当的治疗手段，促进阴阳之间恢复动态平衡，这就是中医概念的实质意义。

西方医学则是对抗医学，要借用药物消灭进入人体的细菌、病毒，或压制，或升高体内的某一指标。血压高了、血糖高了，就用药降压、降糖；电解质低了，维生素缺乏了，就补充相应的电解质或维生素。中医几千年，在汗牛充栋的古籍中，都没有细菌、病毒、维生素、电解质的记载，既然连这些病源都不知道，那是怎么能治病的呢？中医认为，疾病的原因有三，即内因、外因、不内外因。中医的外因指的是风、寒、暑、湿、燥、火，本来这风、寒、暑、湿、燥、火是自然界的六种气候变化，简称"六气"，它并不引起人体发病，但如果人体正气虚弱，不能适应气候变化，或急剧异常变化，超过了人体的适应能力时,"六气"就成为致病的条件,侵犯人体而引起疾病的发生。这种情况下的"六气"就称"六淫",因此"六淫"是许多外感病的重要致病因素。

七情,即喜、怒、忧、思、悲、恐、惊,是指人的情志活动。七情是人体对客观外界事物的一种反应,在一般情况下,七情属于人的正常精神活动,并不是致病因素。如果人体突然受到剧烈的精神刺激,或某些情志活动持续过久,超过了人体生理所调节的范围,就会引起体内阴阳、气血失调,脏腑经络功能紊乱,导致疾病的发生。如怒则气上,面红,神昏或倒地。范进中举后所发的病,也是情志致病的典型例子。

正常人体,若既无外邪侵犯,又无情志改变,它是一个平衡的整体,是不会有异常表现的。若机体平衡被打破,就会表现出各种不同的病症,中医通过它独特的诊法——望、闻、问、切,诊断出是哪方面不平衡,调和阴阳,平衡水火,让机体重新回到动态平衡的状态,这就是中医治病的原理,具体治法,此处不赘述。

中医在治疗中特别强调要提高机体的抗病能力以战胜疾病,并不直接与所谓的病毒、细菌对抗。你听说过针灸能治疗细菌性痢疾吗?有人说,针灸的针上没有药物,怎么能杀灭痢疾杆菌呢?你要知道,针灸就是通过针刺,提高机体的免疫能力,抗病能力提高了,免疫功能增强了,形成了一种细菌不能生存的环境,那痢疾杆菌还能生存吗?新冠疫情期间报道的中医药能治疗新冠病毒感染,也可能就是这个道理。具体情况,有待进一步研究证实。

只要下功夫，切脉是可以掌握的

切脉是中医学"四诊"（望、闻、问、切）中的重要组成部分，它是中医辨证论治不可缺少的客观依据，是中医诊断疾病的一个重要手段，有时在疾病的诊断上具有独特的作用。因此，脉诊为历代医家所重视。

人有经脉，犹如地有经水。《素问·离合真邪论篇》指出："天有宿度，地有经水，人有经脉。天地温和，则经水安静。天寒地冻，则经水凝泣。天暑地热，则经水沸溢。卒风暴起，则经水波涌而陇起……其行于脉中，循循然，其至寸口中手也，时大时小。"这就说明了外界环境的改变，可以致使机体气血、阴阳、脏腑功能发生异常。

内因精神的改变也可导致机体的阴阳、气血、脏腑生理功能发生异常而产生疾病。脉诊的临床意义有二：一是可判断疾病的部位、性质和邪正盛衰的情况；二是能推断疾病的进退与预后。

在中医诊脉史上，司马迁说："至今天下言脉者，由扁鹊也。"扁鹊是公元前5世纪战国时期的人，是由他最早提出诊脉的。脉学专辑的创始人是西晋的王叔和，他撰写了《脉经》十卷。王叔和出生于201年，距今已有1823年。扁鹊记载了19种脉象，而王叔和则记录了24种脉象。以前诊脉是要诊头颈部的人迎（颈总动脉）和足背部的跌阳（足背动脉）。现在中医诊脉"独取寸口"，是王叔和首先提出来的。《濒湖脉学》一书乃明代李时珍所著，他的贡献在于推广、普及了脉法。

那脉法是不是很难学呢？脉学还是有规律可循的。尽管有21种、24种，甚至28种之说，但归纳起来，不过有下面几类，而且这些还比较客观具体，有清晰的判断标准，稍加留心，就能掌握。

例如，浮脉与沉脉，是从脉的深浅来判断的，比较浅的属浮脉，比较深的属沉脉。这个深、浅又如何区分呢？按时用力轻就能摸到脉的叫脉浅，按时用力重才能摸到脉的就叫脉深。脉位浅的叫浮脉，脉位深的叫沉脉，一目了然。

有以脉之快、慢来分的：脉动（跳）快的叫数脉；脉动慢的叫迟脉。

虚实是从脉的强弱来分的，脉跳强而有力的叫实脉；脉跳弱而无力的叫虚脉。

脉的长短是从脉体的长短来分的，这个用指腹一接触就能感知出来。

还有，凡脉管扩张粗大、脉幅宽宏，动脉血管扩张或充血，以致脉来应指满大的叫大脉，反之，叫小脉。

除上所述，还有几种脉跳不规则的脉：有脉跳快而不规则的；有脉跳慢而不规则的；再一种就是脉跳不规则中有规律的，像西医所称的三连律、四连律等属此。这几种就是中医所称的结、代脉一类。

再有一类是合并脉，由两种脉合并形成的脉，我们就给它取一个新名称。浮脉与细脉兼有，称它为濡脉。

通过取象类比进行分辨的，如弦脉者如弓弦，硬度比较大；滑脉是往来流利的脉，其势如盘中走珠，等等。这些例子是说不同的脉象有不同的规律可循，不是高深莫测的独门绝技，不断的练习和反复的实践，是可以提高切脉的技术水平的。只要下功夫，凡中医都能掌握脉学技术。

中医不能废

现在网上有点杂音,委婉的说法是"中医过时了",也有人在咬牙切齿地说:"中医不灭,天理难容。"为什么会有这般说法,我实在不明白。

中医药学是中国的原创医学,拥有悠久的历史与文化传承,对中华民族的生存、发展、繁衍、昌盛起了重要作用,这点世人皆知。有着几千年历史的中医,在现代医学仅出现二三百年后的今天,就"老而无用",可以一脚踢开了吗?我这里讲三个病例,看看阅读后是否能对你有所启发。

病例一,女性,年20岁。因每天头痛难忍,在相应的科室住院。有天晚上头痛又发作,经值班医生处理后,其痛不止,又找来两位值班医生,施治后其痛也不见好转。少有的又找来科内有经验的医师做相应的对症治疗,方使疼痛缓解。随后,经多方治疗,病情好转后转入我科作巩固性治疗,防止再发(实际上是想在医院多住几天,怕回到家里头痛又发作,就不好办了。)

病人入住中医科的次日晨会时,交班护士报告了上述情况,有医生当时就说:"这种病中医科病房是不应该收的,她头痛发作我们用什么止痛?"当时我也觉得,哪位医生答应收进来的,就由他负责这个病人的诊治吧,不是我具体经管的病人，我也不用操心。事情就是这么巧，病人入住我科的第三天，我值夜班，我刚接班不久，病人的母亲呼叫说，病人头病又发作了，疼得要撞墙。我去一看，只见病人烦躁不安，又哭又闹，说头痛难忍。

我问病人的母亲："你们在原来的科室病房发作时是怎么处理的？"

病人的母亲说："我去她原先住院的病房问一下。"

我当时想，怎么能把这种病人收进来呢？简直是给自己找麻烦，我做了请相应科室医生来会诊，共同处理的准备。当看到病人那痛苦的样子，我也不能无动于衷呀！我迅速来到治疗室，端上消毒好的针灸盘，准备给病人扎针。当我扎下"四神聪"不到三分钟，病人突然安静下来了，再一听，病人打鼾了，睡着了。她的妈妈从原病房返回一看，问是怎么回事？我说："在头顶扎了'四神聪'，就睡着了。"

我是观察了约半小时后去拔针的，拔针时病人正在睡觉。尽管如此，那一晚我还是提心吊胆的，生怕病人头痛再次发作。还好，一夜无事。

病例二，女性，70岁。一天，病人来到我门诊的诊疗室。

病人问："医生，咳嗽你能治吗？"

我说："可以治。"

病人说："我咳了两个礼拜了，吃了药，打了针，一点效也没有，你说中医有办法吗？"

我说："看了病，吃了药才晓得。"

病人说："要是有效我就看，要是没效我就不看！"

我说:"我答应给你看,我也是想看出效果来,但又不能打保票呀!有效没效,吃了药后才知道!"

病人说:"我看了西医,吃了好些药,还打了个把星期的吊针,都没效。"看来,她对中医诊疗也是没有信心的。

陪她来看病的老伴说:"我去挂号,叫李医生给你看看,搞不好会有效的。"

病人说:"那好吧!"

我对这位病人的发病经过、症状表现、治疗情况进行了详细的询问,切了脉,看了舌,按中医思维,辨证诊断为寒痰阻肺,治以温肺散寒、化痰止咳。我给病人开了一张处方,请病人去划价缴费拿药(那时还不是电脑打字处方)。

病人说:"你不做检查?"

我说:"你的检查我做了,我摸了脉,看了舌,观察了你的神色,听了你的咳声,还看了你的痰液。"

病人把三剂中药拿到手后,又来问我:"医生,你这三剂药才25元钱,能治好我的病吗?"

我说:"药,治病不治病,不看钱多少,有效就行。你吃了这三剂药后,要是觉得好一点,就再来看一次。"病人带着一脸不信任的神色离去。大约过了一个多星期以后,这位病人又来了。因为第一次打交道的时间比较长,所以我对她还是有印象的。

我问:"你的咳嗽好了一点吗?"

病人说:"医生,我是来向你报喜的,也是来向你道歉的。"

我说:"报什么喜,道什么歉,我问你的咳嗽在吃中药后是否好了一点?"

病人说:"你的药真灵,吃了三剂药,再也不咳了,好了。"

我说:"这是你的运气好。我们医生有个说法,'咳嗽,咳嗽,医生的对头。'搞犟了,还真难办哩!"

病人说:"不是我运气好,是你开的药对了症。"

我说:"那也可能。俗语说,对症一口汤,不对症用船装。"

病人说:"我那天说了些不信任你的话,请你原谅。"

我说:"能给你把病看得有疗效,这是最大的欣慰,你就不必客气了。"

我与这位婆婆,还有她的老伴,后来成了好朋友。

病例三,本院一男性职工。因急性腹泻在相关科室住院已有十天,用了不少西药,腹泻次数虽有减少,但每天仍拉大便四五次,医生也没办法,嘱咐病人出院回家调养。出院当天刚好我在门诊,开了张处方,五剂药未尽剂,大便就正常了。

在这里顺便说一个加拿大的病例,我在加拿大行医时,有位在美国水牛城读大学的加拿大多伦多的华裔男性学生,每天拉不成形的大便四五次,看过多次家庭医生,也看过几次专科医生,都不见病情好转,病程将近四年。那是2007年暑假,我按中医的辨证思维,给他服用了中药汤剂20余剂,成功治愈,观察半年未复发。

我说上面几个例子,不是炫耀我有多大能耐,而且上面的几个病，也不是什么疑难病证，属一般常见病。我是说，中医虽然有点古老，但仍未失去它的作用，仍有用武之地，朋友，你说是这样的吗？

几千年前就存在的中医，说它有缺点，有不足之处，或者说，中医有需要发展创新、改进提高的方面，这些我都同意，若一棍子把它打死，总叫人于心不忍吧！

故事共享

从前,有三位老中医,其中,甲医生(下简称甲)与乙医生(下简称乙)是有真才实学的,医术高明,深受病人信任。而另一位丙医生(下简称丙)则喜欢说大话,吹牛皮,时不时还发表一些贬低甲、乙二人的言论。甲和乙虽然不悦,但也无可奈何,只好听之任之。丙因学疏才浅、不学无术,只能靠吹牛过日子,吹到一笔算一笔,了解他的人多了,自然找他看病的人就少了,有时连基本生活都难以保障。

快过大年了,甲对乙说:"我们走东串西,辛辛苦苦,忙碌一年了,难得有个休息的时间,趁过年,咱兄弟俩是不是找个地方喝两杯?"

乙说:"好啊,就安排在我家吧。"

甲说:"那就太麻烦你了!"

乙说:"只要大家高兴,麻烦一点也无妨。"

甲说:"到时候也把丙医生请来。"

乙说:"也好,谁叫我们同行一场,只是……"

甲说:"只是……只是丙医生为人有点不太地道,不够朋友,我们没做对不起他的事,他却在背后害我们。"

乙说:"事情都过去了,我们不与他一般见识。这次真心实意地请他来喝酒,利用这个机会给他开个玩笑,为难他一下，让他知道我们也是不好欺负的！"

甲说："那就给他开个善意的玩笑？"

乙说："是这样。"

甲说："怎么为难他一下呢？"

乙对着甲的耳朵说："……这般这般的。"

甲笑容满面地说："要得！要得！就这样定了，我来通知他。"当丙接到甲的邀请时，真是喜出望外，只说到时一定准时赴约。以前的人过大年是很讲究的，过年前后一般不看病，图个吉利。大年前后不看病，吹牛的丙日子更难点，有时连饭都吃不上。一听说朋友请他喝酒，当然高兴。

腊月三十中午，丙准时到达乙家，只见堂屋正中的餐桌上摆满了山珍海味、鱼肉鸡鸭，任谁见了都会流口水。丙这几天没什么生意，早餐都没吃上，正盼着这一餐哩。

三人分主宾坐定，丙端起斟满酒的酒杯说："谢谢二位仁兄厚爱，我先敬你们一杯！"这也是因为丙的肚子实在有点饿了，找个机会让三人聚会正式开始。

乙说："不必客气，兄弟们相聚难得，既然来了，就喝好、吃好。"

甲按原与乙商量好的说："喝闷酒难得高兴，我们是不是说点什么助兴？"

乙接着说："对！俗话说三句话不离本行，我们以中药对对联，每副对联中要包括两味中药，对上了的就喝酒，对不上的就不喝，你们看如何？"

乙说："好！好！"

丙吹牛惯了，说："没问题，没问题。不过你们是发起人，这对联得你们先对。"这时，甲乙也互相谦让起来。

丙说："今天是在乙家，那乙先对吧！"

乙说："恭敬不如从命，那我就先对了，不过，我若对上了，就要先喝酒的，你们不会有意见吧？"

甲和丙异口同声地说："对上了喝酒、吃肉，我们不会有意见。"

乙清了清嗓子，望着门外挂着的大红灯笼说道："你们二位听好，我开始对对联了。"

  分明是龙灯怎么叫灯笼
  不是一白纸（芷）哪里能防风

"我的对联里有白芷、防风两味药，我可以喝酒了吧？"

甲、丙连声称赞说："对得好，对得好，可以喝酒，可以吃肉。"乙端起装满酒的杯子，向甲、丙示意说："对不起了。"接着头一仰，一杯酒就下肚了。酒杯一放，拿起筷子就大口大口地吃起来。丙来前并未进早餐，肚子已在提意见了。看见乙大口喝酒，大口吃肉，已经偷偷地吞了几次口水了，他对着甲说："下面轮到你了，请你对出对联吧！"甲环视了一下室内，指着放在台前的架子鼓就说开了：

  分明是架鼓怎么是鼓架
  不是一层（陈）皮哪能敲半下（夏）

甲的对联里的中药是陈皮、半夏。

乙把自己的酒杯斟满,举起杯对甲说:"祝你对联成功,干杯!"甲、乙碰了一下酒杯,举起杯,甲向丙说:"这就对不起你了,我们兄弟俩先吃、先喝。"

丙见甲、乙都对上了,心里像猫抓样,好不是滋味。丙平时吹牛可以,真正遇到要用上真才实学的事,那就像打满气的气球碰到针尖,顿时爆了。他看到甲、乙两人在那里又说又笑、又吃又喝,似乎明白了点什么,越想越觉得不对劲,心想,你们这哪里是请我来喝酒的呀,原来是合伙来整我的。

下面轮到他来对对联,他哪里又能对得上呢?他转念一想,对不上就对不上吧,既然来了,也不能亏待自己的肚子,你们不让我在桌子上吃、喝,我就去厨房里吃、喝,能填饱肚子就行。

甲、乙二人又一次地催着丙对对联。这时只见丙起得身来,大步朝着厨房走去,搞得甲、乙二人丈二和尚摸不着头脑。

丙进入热气腾腾的厨房,见锅里大气冒冒,正煮着什么。丙学着甲、乙的腔调,指着锅盖说:"分明是盖锅,怎么是锅盖。"下面无词可接,他发牢骚地说,"管它生的、熟的,吃了再说。"说着丙揭开了锅盖,正准备拎起锅里的烧鸡,就听甲、乙高声说:"来喝酒,来喝酒。"

丙说:"你们知道我对不上,还假惺惺地叫我来喝酒。"

乙说:"你对上了呀!"

丙说:"我哪里对上了呀?"

甲说:"你的对联里不是有生地、熟地两味药吗?"经甲这么一说，丙恍然大悟。心想，我刚才说的是"管它生的、熟的"，谐音不就是"生地""熟地"两味中药吗？想到这，丙又神气了，说："用中药对对联有什么难的？我到厨房里来，是想看看厨房里有什么秘密菜，顺便就把对联对了。"

喜欢吹牛的人，只要有机会就吹牛，真是三天不吹牛，腰痛。

综合性医院中医科路在何方

西医三甲综合性医院是以西医为主的大型综合性医院，根据三甲医院科室设置的要求，临床科室中设有急诊科、内科、外科、妇产科、儿科、中医科、耳鼻喉科、口腔科、眼科、皮肤科、麻醉科、康复科、预防保健科。这13个科室中，有12个是西医科室，唯独中医科不是西医科室，因为上级对西医三甲医院科室设置有刚性规定，三甲医院就不能没有中医科，而且规定：中医科作为医院一级临床科室，要求中医科床位数不能低于医院标准床位数的5%，要求开设专门的中医门诊，三级医院开设的中医专业不少于3个，二级医院不少于2个。

综合性三甲医院设置中医科是好，还是不好？

新中国成立前，中医多游走于城市街道或农村乡里行医，也有在药店坐堂的，更有私人开的，当时的西医医院里是没有中医的。新中国成立后，由于国家对中医的重视，医院设立了独立的中医科，很多有经验的中医被请进了大型医院为病人服务。当时中医科在西医医院属于少数，得到了医院的关心、照顾。中医工作者们心情舒畅，自由发展，各显神通，发挥着自己的一技之长。那时在医院工作的中医，是不会受到诸多条条框框的约束和限制的，不会感到生存困难。

国家发展了，社会前进了。医院越办越大，条件越来越好，还是原来的那个中医科，却渐渐感到在西医医院压力大、生存困难。为此，个别的医院干脆自动取消了中医科，有的改头换面，将中医科的牌子换成中西医结合科，虽然是权宜之计，其实也是为了生存的需要。

现在综合性三甲医院坚持设置中医科，一是为了落实上级刚性规定的需要；二是体现了卫生主管部门对中医及中医工作的重视。如果不考虑这两条，可能有的医院早就没有中医科了。

为什么会出现这种情况呢？

我从20世纪80年代起就在大型综合性的三甲医院工作，我前后当过7年的中医科副主任、8年的中医科主任，对综合性医院中医科存在的问题还是比较了解的。我个人认为，大型综合性医院设置中医科是有必要的，是好事。但由于没有认真考虑中医科在大型综合性医院应如何生存、如何发展的问题，致使中医科及在中医科从事中医工作的人员长期处于困难的处境。

中医，本来就是一个业务性质很强的专业，它有一整套独立的诊疗规程与规定，它按自己的规律办事才是正道。可是，中医在西医医院，势单力薄，一切都得按西医的规矩行事，若不自动调整水土不服的问题，就会出现生存危机。比如，在中医科住院的病人，出院病历必须用西医病名诊断，不能用中医自己的诊断，说是为了"病历归档"的需要，这难道不是给中医设卡、加压吗？为此，中医人员要抽出大量的时间去学习西医，以应对强行的规定。

中医诊治疾病，是整体论思维，靠综合思辨，辨证施治。为了西医诊断有根有据，要花大量的时间去学习诸如生化、CT、B超等多项与检查有关的基本知识，这不是崇饰其末，怒弃其本，本末倒置吗？这能不干扰中医学自身的发展吗？

住中医科的病人，要用西医诊断。为了这个，凡在中医科住院的病人都要进行大量的与相应诊断有关的多种检查，有这个必要吗？这样做，还算中医吗？我从不反对有条件的中医尽可能地多学些西医知识，但也不能因此影响自身发展呀！这是第一点。其二，在中医科病房，有各种指标要与西医科室一样达标、完成。病床是医院规模的计量单位，也是经济效益的基本核算单位，分析和评估病床的使用情况对评价医院工作效率和管理水平具有重要意义。最常见的是病床使用率、病床周转率和平均住院日三个指标，其中，病床使用率和病床周转率是直接反映病床利用情况的指标。综合医院中医科不是一个专科，是综合性中医业务的科室，收的病种五花八门，而且多是慢性疑难杂症，要与西医科室一样，完成病床周转率和平均住院日两个指标是比较困难的，这是受业务性质、业务特点限制的。指标完不成怎么办，要想办法加快治疗速度，最好的办法是中药、西药都用，企图产生 $1+1>2$，疗效快速的效果，还能提高经济效益，看起来真是"一举几得"。可是，这种做法对发展中医有利吗？中医科的人这样做都是不得已而为之。综合医院中医科工作人员也是一个勤奋的群体，也是有家有口有尊严的人，辛辛苦苦，指标没完成，他们的工资、奖金（当时不叫绩效工资）能靠大锅饭吗？能老靠医院扶贫救济吗？

既然上级卫生主管部门确定对大型综合性医院设置中医科，就要使设置的中医科的发展目标明确、清晰，而且还要措施到位，政策上有所倾斜，以保证发展目标的实现。否则，大型综合性医院中医科的发展归宿一般可能出现以下三种情况。第一，有可能按中医自身规律独立发展，但这种情况成功的概率微乎其微；第二，在综合性三甲医院强大的西医优势的影响下，自觉、不自觉地走上所谓工作上的中西医结合的道路，中医科改名换姓，再不纯姓中了；最后一种情况是，若一切按西医的标准要求中医科，就会倒逼中医科一切向西医看齐，最后成为一个亚西医科室。后两种情况只能使中医科在工作中穷对付、打乱仗、打被动仗，跳不出困难尴尬的处境。

　　我作为曾经的中医科负责人，即使有天大的本事，当时也难以改变上述局面。我写这段文字之时，已是八十五岁高龄，你说我是在诉苦、在提意见，或者说是在提建议和希望，还是在这里追悔？正确的回答应该是四个字：兼而有之。

　　其实很多二甲、三甲综合医院的中医科聚集着不少中医专业的精英人才，有主任医师、教授、硕博士生导师及高学历的博士、硕士人员，在综合性医院中医科这种情况下，他们能专心致志地为中医事业做出成绩、做出贡献吗？

中医能诊治急性病吗？

中医有几千年的历史，是中华民族原创的医学科学。它从宏观、系统、整体的角度深刻揭示了人类健康和疾病的发生、发展规律，成为人们治病祛疾、强身健体、益寿延年的重要手段，维护着民众的健康。从历史上看，中华民族屡经天灾、战乱和瘟疫，却能一次次转危为安，人口不断增长，文明得以传承，中医药为此做出了巨大贡献。

有人说，中医只能治疗慢性病，不能治疗急性病。请问：西医传到中国不过只有二百多年的历史，这之前，我中华民族经历了无数战乱和瘟疫，那时没有西医，难道中医会丢下急、重症的病人不管吗？有思维的人都不会这么想。西医进来之前只有中医，中医遇到急症、慢性病都要管、都要治，不存在中医不治急症的问题，限于历史的原因，疗效可能会差点。下面说一个事实，看看中医到底能不能治急病。

1964年夏季，卫生部交给湖北中医学院附属医院一项科研任务，要完成100例中医药治疗急性细菌性痢疾的临床观察。课题正式实施时，我正在湖北中医学院附属医院传染科实习。从一开始，我就参与了这一工作。本来在传染科实习的时间只有一个月，为了配合完成中医药治疗急性菌痢的临床观察，把我在传染科实习的时间延长到了三个月。

当时中医方面负责这项工作的是学院《伤寒论》教研室的主任洪子云老师，西医方面负责这项工作的是附属医院西医内科的黄致知老师。黄老师负责在门诊收病人，只要是急性菌痢，不管是哪个类型的，包括中毒性急性菌痢都可以收入治疗。洪老师在病房负责治疗，只要是急性菌痢，不管哪个类型的，包括急性中毒性菌痢都是要治的，不允许对不同病因的病人进行选择性的治疗。

有天下午查房，黄老师对洪老师说："洪老师，我收了个高烧、四肢发凉、呼吸微弱、腹泻并不明显，诊断为中毒性菌痢的病人，您看能治疗吗？"

洪老师说："只要能吃得下药就能治，万一搞不下地（意思是说万一治不了），再找你帮忙。"洪老师认真查看病人后说，"我开张处方，急煎一服，只要病人吃后不吐，就有得治了。"并要这位病人一天吃两剂药。经过一个下午加一个晚上的治疗，病人体温就稳住了，并稍有下降。头三天，每天两剂药，病人情况明显好转，经约一周的治疗，病人基本痊愈。

又过了几天，黄老师在陪同洪老师一起查房时，对洪老师说："刚收进来的一位中毒性菌痢病人，昏迷，这个病人，中医有没有办法？"

洪老师说："这个病人昏迷，无法吃药，那就不好办了。"

黄老师说："药能否吃下，您不用操心，问题是中药能否治疗有效？"

洪老师仔细对病人进行了诊疗后说："只要能把药吃下去，我就有办法。"

黄老师说:"您开张处方!"

洪老师说:"病人不能吃药,开处方有什么用?"

黄老师说:"您把处方开出来,病人怎么把药吃下去的事,我来办。"

洪老师说:"行!"说着就开了一张方,仍嘱一日服两剂,特别叮嘱"一定要把药服下去!"

到下午查房时,一看,这个病人醒了。再一看,病人的药是通过鼻胃管到胃的。洪老师感慨地说:"看样子这一点是可取的,病人昏迷吃不下药时,可借用西医的办法帮忙。"

现在有人说,好多西医不相信中医,在20世纪五六十年代,洪老师作为传统中医,是不相信西医的。那时作为西医的黄老师,也是不太相信中医的,所以他在收治急性菌痢病人时,将一些极重的病人交给中医洪老师治疗,给洪老师制造点困难,哪晓得洪老师医术了得,竟真的药到病除。经过几个月的共事和互相观察了解,洪、黄二位老师成了好朋友。在我从湖北中医学院毕业离开学校的第二年(1965年),黄致知老师主动要求参加西医高职学习中医班,后来黄老师也成了名老中医。

俗话说:西医看门,中医看人。洪子云老师作为从农村抽调到中医学院任教的老师,没有真功夫是不会得到师生敬慕的,可惜,像洪老师这样的医生还是太少了。

传统中医面临着挑战

在西医尚未进入中国之前，可谓是中医一医独大，不说一般的平民百姓有病要依靠中医，历朝历代统治阶级的医疗保健也要依靠中医。大家听过古代的御医和太医这两个名称吗？他们虽然职级不同，但都是主要为统治阶级提供医疗卫生服务的。在古代，皇帝也好，庶民也罢，不管何人，若有病得不到中医治疗，其生命可能就无法得到保障，这种状况一直延续到晚清。二百多年前，西医渐渐传入我国，原来一医独大的局面被打破，中医受到新进来的医学的挑战。人们在实践中发现，不光中国的医学能治病，西方进来的医学也能治病。后来人们进一步发现，中医有中医的长处，外来的西医也有治病的优势。中医与西医并存，让人们有了作出判断、选择的余地。随着现代医学进入中国，两种理论指导下的医学有了比较与竞争，这种竞争不仅能够促进两种医学的发展与创新，也让就诊者多了一种就医选择，不能不说是一件好事。

在西医进入中国之前，中医学以其独特的理论体系和治疗方法，为中华民族的生存、发展发挥了重要作用。一代又一代的中医药人士为解决病患的痛苦，前仆后继，舍生忘死，不断探索与努力。

在中国几千年文化的基础上，中医医学先贤不断探索，从无数次的观察与实践中,总结出来的疗疾、防病、健体的精华,再经过长期临床实践,确定无误才上升为中医学。这个过程应该说是很科学的。科学结论一般都是从经验中得来的,都必须经得起实践的检验,再沿着已有的经验积累继续充实、发展,并且固化成可以传承的知识,得到推广应用。中医也是如此,它经过几千年的积累,对大多数常见病证是有着非常完整的理论论述与实践经验的,是经得起检验的。

经验无疑是理论的基础和直接来源,经验又是客观的,无论加之以怎样的解释,都不会改变它本质的内容,实践是第一性的,有效的临床实践也不会因表达方式的不同而改变其客观效果。当然,我们也要防止另一种倾向,我们决不能把先人们的经验神圣化了,要特别小心,经验可通向真理,亦可通向谬误。[1]

在20世纪初期的社会背景下,有些国人东渡扶桑,学习西洋文化,西医传入中国后,有些人受西方文化的影响,认为日本明治维新的重要举措之一就是把汉医都取消了,质疑被打入"旧学"另册的中医还有无存在的必要。说"中医不科学",要"废医存药"就是从那时候开始的。

随着时代的发展与进步,曾经为中华民族做出过巨大贡献的中医学,在目前遇到了挑战,这是事实,是积极应对还是选择回避,这是中医界必须回答的问题。中医目前面临着发展困境,我们该怎么办?是让中医有质的腾飞,还是因循过去?路在何方,是中医界每一个人都要思考的问题。美国未来学家约

---

[1]何裕民.差异·困惑与选择——中西医学比较研究[M].沈阳:沈阳出版社,1990.

翰·奈斯比特在他的《中国大趋势》一书中有这样一段话,我觉得是可以借用的。

"虽然在两个时代之间的时代是摇摆不定的,但是,这是一个伟大的时代,里面充满着各种机会,如果我们学会利用它的摇摆不定性,我们在这个时代里所能取得的成就,要比稳定的时代里大得多。在稳定的时代里,我们几乎没有讨价还价的余地。但是,在这个夹缝时代,我们讨价还价和影响的余地是无穷的,问题在于我们对前后的路途要有一个清楚的感觉、一个清楚的概念、一个清楚的远见。

"能够生活在这样一个奇妙的时代,真好。"

中西医的差异

俗话说，知己知彼，百战不殆。有中医、有西医，这是中国的现实。中医存在几千年，功与过，是与非，肯定与怀疑的声音都有，有多种视角看待中医很正常。为了使中医、西医共存，共同发展，中西医要互相了解，尤其是中医，绝不能一见挑战就回避、退让，更不能说"我都几千年了，你才几年"，摆出一副不屑一顾的姿态。中医、西医是两种不同的医疗体系，这点必须承认，既然不同，其差异在哪里，必须弄明白。我们对中国传统文化要有足够的信心，这没有错，但绝不能故步自封。

中医学以阴阳五行学说、脏腑经络学说等为基础，强调整体观和辨证论治，其特点是长于综合；而西医学则以解剖学、生理学、病理学、生物化学等为基础，强调局部观念和病因、病理论治，其特点是采用分析的方法。中医从宏观看问题，有宏观之准确性；西医从微观看问题，所采用的分析法不把人当成整体的人，而是视其为各"零件"的叠加与组合，有微观的精确性。中医缺少的是微观的精确性，而西医又缺乏宏观的准确性，各有各的优势，各有各的不足。再说，中医、西医诊治疾病的"对象"也不尽相同。中医针对的是病了的人，西医面对的是这个人所患的"病"，因此在治疗手段上，中医主要是依靠病人的自我康复能力，用药也多是借以加强或调动人体这一遭破坏的整体的抗病能力。如病人是寒，则用热药，是热则用寒药，是虚则用补药，是实则用泄药，以补偏救弊，恢复机体功能的动态平衡，消除病症；西医主要以药物为依靠，或用手术等对抗疾病，如用药消炎、肿瘤切除等。因为中医的治疗理念是"以平为期"，故人们称中医为中庸之医；西医有抗病毒药物、抗菌药物、抗心律失常的药物等，所以人们把西医叫对抗医学。二者确实是不一样的。

中医是辨证施治，且辨证的工具很多，有八纲辨证、脏腑辨证、三焦辨证、卫气营血辨证等，各有不同的对象，各有不同的用处。这些如同木工的工具一样，长木料弄短要用锯子，不平的木料搞光要用刨子，在木头上打个眼用凿子，无论什么时候什么病情，都能从治病工具箱里拿出来择而用之。如2003年SARS流行时，因其共性是发热、咳嗽、具传染性，中医一看，知道它属于温病范畴，选用专门针对温病的卫气营血辨证，并指导治疗而获得疗效。西医就不同，对不能明确显示现有生理指标异常的疾病，或知道显示的生理指标异常，但原因不明者，那是束手无策的。因为它篮子里事先准备的工具有限，应付不了非常之变的需要。在这方面，中医是有明显优势的。当然，西医在急性病、急救、有些急需手术的外科病治疗方面是有优势的。各有优势和长处，相互补充，相互促进，这应该是中西医相处的正确之道。

我从事中医工作已有50多年了，早年从中医学院毕业，在校期间还举行了拜师活动，接受师承教育。中医的书籍，特别是几部经典著作,我在学习中也没少下功夫,如今虽记忆力锐减、老态龙钟,当年背诵过的《伤寒论》《内经》条文、《金匮要略》、温病20则等,还记得不少。尽管如此,有一个问题,我时感纳闷。学中医之前,我的脑袋并不比学西医的小,怎么一学了中医,就感到自己的脑密度变小了些呢?我虽然是纯中医,但我工作的单位是全国知名的西医三甲医院,我发现,与我同龄同期毕业的西医,确实能在他从事的专业领域独当一面,只要是他专业范围内的事,基本上没有他处理不了的,他对自己的专业业务能力显得相当自信。当然,有时也可能遇到他业务范围内棘手的问题,这可能是因病人病情太复杂,不确定性的因素太多,或许病症本身就是世界难题。

我们学中医、干中医的就不一样,在我的业务范围内,尽管我对我的病人绝对是按中医套路出牌,认真解证后选用合适的治疗法则和方药,个人评判也觉得是无可挑剔的,理论上说,对这种病人的治疗应该是有把握的。但当病人问我:"医生,吃了你的药,我的病会好转吗?"我都没有说出"绝对会好些"的勇气,好像心里底气不足,怕最后落得个"吹牛大王"的称谓。当然,生活中也有这种情况,有的医生,不管病人是什么病,在问他结果时,他都会理直气壮地说:"会有效!会好!"或者说:"一定没问题的。"但这种回答,除了理解为满足病人的精神安慰需要,有时也是会留下笑柄的。

我上述的心理状态,曾经与1933年国医专科学校毕业的老前辈夏幼周教授探讨过。周老前辈说:"你的想法很正常,我们当医生的说话要留有余地,不能把话说满。中医学高深莫测，有时差之毫厘，失之千里。"周老师也是一位实事求是，中医造诣很深的人。既然我和我的老师都有这个想法，除了从主观上找原因外，在客观上，中医学本身也存在一个无法精确把握的问题。我同意有些学者的看法，中医在诊治操作方法方面存在不能够精准掌握的问题，就是说，在实践中，诊断与治疗都常常难以命中疾病病因的靶心，导致这种不理想的原因就在于以"取类比象"为基础的种种方法均太粗犷，因为无论是五行生克乘侮的理论，还是风、寒、暑、湿、燥、火之"六淫"比喻，在中医学中都缺乏"量"的精准衡量。例如，五行的生克乘侮状况，其发生都缺乏可以度量的标准，而风、寒、暑、湿、燥、火之六气入人体后，到何种程度才成了有害之"淫"，也无标准可判断，这样，对病人状况的判断，在脏腑功能上对应五行生克关系无标准，在对风、寒、暑、湿、燥、火之状态影响的或益或害都无法准确度量，故而，诊断便没有确定性，对同一个病人，不同医生的诊断往往会出现所谓"仁者见仁，智者见智"的不确定局面。而没有量的精准衡量，在医疗实践中，无论是诊断，还是治疗用药，也许会似是而非，在难以精准命中疾病的真正病因的情况下，谁敢声称自己的辨证论治会有绝对把握呢？

  中医学是传统的、古老的，但目前从事中医工作的是现代人，如何面对中医存在的这方面的问题，是摆在我们中医工作者面前的重大课题。如果在这个问题上有所突破，我想古老的、传统的中医学会向现代中医前进一大步，也许，这仅仅是我异想天开的一点管窥之见罢了。

科室负责人的责任

1984年下半年,我们医院的领导班子进行了大调整,原来的班子基本上是由行政人员担任的,调整后的院长、副院长、书记、副书记多是由临床科室业务人员担任。院级领导班子成立后,各教研室(临床科室)及行政职能部门的负责人也进行了相应的调整。有天晚上,一位院级新领导班子的成员突然造访我家,传达医院党委决定:由我科陈思源医师和我全面负责中医教研室(中医科)各项工作,原来的老主任、副主任因年事已高,不再负责科室行政工作。

我说:"我是1981年底由部队医院转业来医院的,对医院及科室情况还很不熟悉,恐怕难以胜任这一工作。"

给我谈话的领导说:"你的情况,党委班子了解,也认真讨论过,我们一致认为陈思源老师与你负责中医科工作是合适的。"

我说:"我能力有限,担心搞不好!"

给我谈话的领导用当时流行的话说:"边干边学,摸着石头过河吧!"就这样,我就听从组织安排上任了。从当时的情况来看,医院领导对转业过来的人员还是比较重视的,可谓公平对待,一视同仁。

我转业到协和医院中医科后,因工作关系,与陈思源医师联系得还是比较多的,这次确定她与我负责科室行政工作,我觉得在人员搭配上还是可以的。陈思源医师毕业于武汉医学院,西医专业,年资比我高好几届,毕业就分来医院内科工作,后来专门离职学了中医才调入中医科的。她作为协和医院的老职工,对协和医院、各兄弟科室的情况比较了解,对中医科的情况也十分熟悉。她业务能力强,具有西医、中医两套本领,实际工作经验比较丰富。最大的优点是为人正直本分,在群众中有较高的威信。她担任中医科行政负责人,那是有群众基础的。而我呢,不仅年资比她低,更主要的是刚调入中医科不久,对医院及科室的一些基本情况都还没搞清楚,人员关系也不是很熟悉,开展工作确实有困难。好的是,上面指定陈思源医师主要负责,我配合、协助她工作。

刚接手中医科行政工作时,还算顺利,思想压力及工作压力也不算很大,按照要求,与大家一起完成医疗、教学、科研等各项工作即可。医疗上没出什么差错,病人也比较满意。我们科室那时每日的平均门诊量大约在400人次,病人排队依次就诊,中医病房床位编制数是40张,平时都能收满,一般不会有空床。那时医院也强调病床利用率、平均住院日、病床周转率等,但要求并不是很严格,只要求不空床就可以了。特别值得提及的是,医生一心一意搞业务,不用承担什么经济指标任务。病房也没有要完成什么经济指标的要求,唯一要做的是防止病人"跑费"。什么叫"跑费"呢?就是有极个别的病人,在快出院的前一两天"不辞而别",不结账人就走了,一查,这病人住院使用的是假姓名、假单位，医院收不回给他治病的费用，损失只能由医院来承担。

随着时间的推移，医疗改革的逐步展开和深入，中医科的压力就日渐凸显了。

面对医疗改革

1985年被人们称为中国医疗改革的"元年"。这一年国务院批转了卫生部1984年8月起草的《关于卫生工作改革若干政策问题的报告》,其中提出"必须进行改革,放宽政策,简政放权,多方集资,开阔发展卫生事业的路子,把卫生工作搞活"。由此,中国的全面医改正式启动。

由于医疗改革是逐步推进的,刚开始时,对我们中医科压力还不大,随着改革的逐步深入,中医科面临的压力就越来越大了。我从1984年到2000年退休,前后相继担任了中医科副主任、主任15年,对我们中医科在改革中遇到的问题,那是历历在目。

我科40张病床,分中医组与西学中医组,最先感到受影响的是中医组。由于中医收的多是些慢性病病人,住院时间相对较长,所以平均住院日、病床周转率就达不到医院的要求。综合医院的中医科是一个在夹缝中求生存的科室,中医科的各项工作都得以医院制定的规定与标准为准绳,跟在西医后面走,跟着西医的要求走,医院不可能为中医科另制定一套标准。当然,有时在政策上给予一定的照顾这还是有可能的。

改革初期,上级对医院采取差额拨款(即财政拨款50%~60%),差额由医院自己解决。虽然医院也提出"应收尽收"

"该收不漏"的收费要求,但同时也强调要合理收费。大家知道,中医看病基本是靠"三个指头,一个枕头"的,根本没有什么"创收"项目,从经济上来说,对科室、对医院都是不利的。因为上级对医院是实行的差额拨款,从前该拨款而后来未拨款的部分,需科室、医院自筹。这也很正常,问题是我们中医科无发力之处,确实创收不了。我这里讲一个十分尴尬的笑话。有位分管医疗工作的领导对我说:"你们中医科情况特殊,真没有什么特别创收的项目,这样吧,为了照顾你们,允许你们对每个看门诊的病人收取两角钱的切脉费。"这个政策执行了两天,就因受到病人的极力反对而停止。病人说:"切脉是中医诊疗分内的事,要是不摸脉那还叫中医吗?"病人的话也不无道理。

我们也不能无缘无故地给病人开各种检查,那也不是中医科的业务范围。

20世纪80年代初,为了配合经济体制改革和国有企业改革的推进,我国医疗保障制度改革主要围绕医疗费用控制,建立责任共担的社会医疗保险制度。部分企业和单位以医疗费用控制为核心推进自发改革,采取医疗费用定额包干的做法,"剩余归己、超支自理"。由于这个原因,有些可住院或可不住院的病人,有些可看中医或可不看中医的病人,他们就可以不住院或不看中医了,这样,使得中医科的病人急剧减少。

协和医院是百年老院,技术力量雄厚,专业特色明显,为病人解决问题的能力极强。病人有什么病,直接选择对应的科室就诊,目的明确。我们是综合医院的中医科,很多病能治,但专科特色不明显,病人一般不会首选中医科看病,这也是病人减少的一个原因。

面对以上情况,科内有人提出,我们科虽然是以中医专业为主的科室,但科内有不少医生原本就是西医,是后来才学习中医的,这部分人完全可以承担起科内中西医结合的工作任务,以扭转病人日渐减少的状况。专业科室主任承担着引领专业科室健康发展的责任,为适应当时的形势,对收入中医病房住院的病人,只要本人愿意,都以中西两法进行诊断和治疗。病人并不在乎你是用纯中医药治疗,还是中西两法并用,只要能解除病痛,治疗有效,都是可以接受的。

我退休后,后来的科室管理者干脆把沿用了几十年的"中医科病房"改名为"中西医结合病房"。是好,还是不好,我无法说得清楚,大家也心知肚明,这是不得已而为之,综合医院中医科病房改名并对病人实行中西药并用,是被倒逼到这一步的,是没有办法的办法,说得不客气一点,中医科病房已蜕变成亚西医病房了。虽然感到有点惋惜,也许这也是一种适者生存的权宜之计吧,但愿以后谁能有好办法改变这种局面。

中医的科研要创新思路与方法

随着国家的发展，经济实力的提高，特别是党和政府对中医药的重视，这些年来，国家对中医药事业的投入是有目共睹的。我这里只说投入中医药的科研经费，直观感觉，那与20世纪八九十年代相比，简直是有天壤之别。纵观全国的中医药战线，大家也基本都是受益者。种瓜得瓜，种豆得豆，有投入，就要有产出，这才是正常的。我在职时参加过不少湖北地区的中医科研成果鉴定，有些成果的鉴定等级还不低，"国内首创""国内领先"的都有，但对于成果的转化工作，则不是那么令人满意。有的成果一经鉴定就束之高阁，记得20世纪90年代，对中医"证"本质的研究确实做了大量的工作，就其所用的技术而言，现代医用检测仪器和方法基本上都派上了用场，甚至延伸到其他边缘学科；就其深度来看，大至脏器、腺体，小至微细结构，乃至细胞、亚细胞、亚分子水平；有关"证"研究的报道不仅限于中医报纸杂志，现代医学杂志也不乏其内容；围绕"证"研究的学术讨论，从各个不同角度广泛展开；"证"的模型的研究亦日趋深入。从当时看，这些都是中医学从业者在"证"研究领域所作的大量艰难而且应该说是有价值的勘探、开路工作，它力图从不同角度和层次反映"证"的本质，似乎是中医学发展的理性躁动。

在1991年第8期的《医学与哲学》上，我发表了《"治"在"证"研究中的思考：从脾虚证本质研究谈起》一文，并以脾虚证本质研究为例，说明我对当时"时髦"的"证"本质研究的一些看法。

脾虚证研究者以多个指标的变化来证明这些指标哪个最明确、最能说明问题。但是，对这些有变化的指标如何做出综合性评价并找出它们与脾虚证的结合点，确定它们代表脾虚证的"可信度"，借以客观地揭示脾虚证的本质，这是"证"研究者一时还难以回答的问题。另外，各个指标之间是否相关或有相关性，如同大型复方的化学成分及药理作用的研究一样，使人感到困惑不解。这些有变化的指标，是否就可以作为脾虚证辨证的依据呢？何况，整个"证"本质研究都存在着指标不特异的问题，即使（当然仅仅是假说）这些指标可以作为脾虚证的辨证依据，针对有多个客观指标的脾虚证，将怎样确定治疗原则和选用适当的方药呢？如脾虚证时患者所表现的唾液淀粉酶低，是不是意味着补充了这种物质就能清除脾虚证的存在？面对脾虚证时患者多项指标的异常，又将如何处理？我当时认为，看来"证"本质的研究并未达到这样理想的目的，即它丰富或发展了中医理论，并对临床具有实际指导意义，这是当时的研究者所不愿看到的。

作为一门科学，其概念、原理应该是事物本质和客观过程的真实反映，然而，中医学的许多概念和原理确实存在着"只是对事物外表现象的观察与概括"[1]的问题。如借以诊断"证"

---

[1] 毕焕洲.理论的圆满与实践的缺陷[J].医学与哲学,1989(08):25-27.

所依据的症状及舌、脉等，也只是对事物外表现象的描述，并且，中医学中绝大多数内容都是模糊定性概念，这种模糊概念对中医学的发展是不利的。尽管中医学有坚实的临床实践基础，但毕竟没有经过实证的检验，未能揭示其客观的物质基础内容。当时普遍开展的"证"的实质研究，就是进行客观实证研究的具体步骤，就其必要性来说，当然是无可非议的。问题的焦点是"证"与"治"必须统一，这里有不可忽视的理论与实际相结合的问题。我当时就认为，有下列几个问题值得思考。

首先，从"证"研究者寻求结论的思维及结论本身来看，多数研究对其使用的实验设备的原理及检测结果仍然要用西医的有关理论解释，很多研究确实都是在进行西医对中医的"印证"[1]，与中医理论并无联系，甚至相去甚远。究其原因，很重要的一点就在于思维方式与中医理论不相符合。中医脏象理论是抽象思维的产物，如在研究脏腑功能失调所表现的某"证"时，要看这种"证"并不代表实质脏器复杂的病理活动，只是人体病理活动主要矛盾的抽象，绝不能把这种病理活动看作是人体实质脏器"照相式"的反映。无论属于哪个层次的"证"，一方面，它不可能是单一物质量变的结果[2]；另一方面，即使一个"证"与多个系统甚至是多器官生理、病理变化的多项指标发生联系，可能各指标之间大部分也不过是互不关联的

---

[1] 王洪琦.中医理论实验研究中的困惑和思考[J].医学与哲学.1990(05):25-26.
[2] 梁茂新,王普民,李东安.证本质研究的困扰和启迪——从环核苷酸为指标的证本质研究谈起[J].医学与哲学,1989(07):1-4.

单变量的问题，还是难以客观地阐明多数"证"的本质。遗憾的是这一事实并未被一些人所接受，正如有学者指出的那样，他们只是想通过对某种病或某几种病进行一次辨证，然后再进行某项指标的检测，最后经过统计和讨论来得出某个结论。这种企图通过大量以上形式的研究工作，创建一个既精确又直观而完整地反映传统理论的现代中医辨证体系，并以简洁的指标或数据来表达和鉴别各种"证"的努力，恐怕是徒劳的[1]。

从有关"证"的研究得出的结论对临床的指导作用来看，也使人无所适从。如对脾虚证的研究，随着认识的深化和科技的进步，未来生物医学工程提供的脾虚证研究的检测方法和指标将越来越多，新、老指标所显示的结果和随之引出的结论层出不穷，但是，什么是脾虚证的"黄金指标"呢？面对脾虚证本质的研究所出现的各种不同的结论，临床工作者如何从中找出作为治疗脾虚证的依据，至少现在看来是困难的。

目前追求"证"的客观指标的特异性，把各"证"定量地区分开来，代表着"证"本质研究的总体意向。[2]依我所见，若研究"证"的思维与模式不进行新的探索与改进，实现上述想法的可能性将是渺茫的。

对"证"的研究如果离开中医学本身，脱离实用性这一原则，采用多人一个模式，研究思路不变，走总方向雷同的老路，无论如何追赶最新仪器、最新指标、最新理论，也难以做

---

[1] 张文安. 微观辨证何处去[J]. 医学与哲学, 1990(05):27-29.
[2] 梁茂新, 王普民, 李东安. 证本质研究的困扰和启迪——从环核苷酸为指标的证本质研究谈起[J]. 医学与哲学, 1989(07):1-4.

出令人鼓舞的成绩。相反，还会造成人力、物力上的极大浪费，这些问题应引起"证"研究者的强烈反思。

中医、西医两大体系在方法论上存在着根本的差异，用生搬硬套的方法虽然能使中医诊治疾病的客观性指标显而易见，并带有现代科技印记，实际上对中医理论和临床实践并不能起到发展和指导作用。相反，还可能把中医搞得面目全非，不利于从根本上解决问题。反思给我们的启迪是：对中医"证"本质的研究要开阔视野，开拓思路，注重研究方法的改进，并寻找新的研究方法。尤其不能把研究现代医学的模式与方法看作是研究中医的唯一途径，否则，"证"的研究要深入下去将是困难的。

法国著名的天文学家和数学家拉普拉斯曾经说得好："认识一位巨人的研究方法对于科学的进步并不比发现本身更少用处。科学研究的方法经常是极富兴趣的部分。"

尊经注经遗风阻碍了中医学发展

新中国成立后，由于党和国家重视，中医药的发展迎来"黄金时期"。中医药地位大幅提高，"发展现代医药和我国传统医药"，已经写入了国家的根本大法。这是中西医药并重的精神，把中医药提到相当高度，意义深远。党的十九大报告也提出"坚持中西医并重，传承发展中医药事业"。国家层面有专门的中医药管理机构，有集科研、医疗、教学为一体的、以中医药科学研究作为中心任务的综合性中医药研究机构——中国中医科学院。目前有34所中医药大学，包括24所本科大学和10所高职院校。在24所中医药大学中，拥有博士点的高校有14所，分别位于南京、广州、天津、北京、上海、成都、山东、湖南、黑龙江、湖北、辽宁、浙江、长春和福建。各省市县乡的中医院（馆）遍及城乡各地，一般西医院都设有中医科，中医古典医籍的整理、发掘、发行达到空前的水平。各种有关的中医的著述以及中医科普书籍多如牛毛，中医学报纸杂志名目繁多，应有尽有。从国家到地方，中医药各级学会、协会、研究会网络形成，中医药行业与国外的交往联系日渐密切……从表面看，中医药形势一片大好。

我从1958年开始学中医并从事中医工作，至今已是66年了，应该说对中医还是比较了解的，尤其对中医目前的处境，还是比较清楚的。

中医学是建立在当时最先进的哲学思想、朴素唯物主义——阴阳五行学说基础上的，而且还吸收了当时最为先进的各种理论知识，应该说肇始的中医学理论不仅是先进的，更是开放的。自古以来，中医学就以其独特的理论体系和治疗方法，在中华民族的生存发展史上发挥着重要作用。

科学是不断发展的，先前的认识不是终极真理，我们知道，现代的科学比古代要先进许多，但也没有发展到尽头。同样，我们对自然的认识也只是很少的一点，是局部的局部，离科学终极真理和宇宙的真相那是相差甚远的。一般认为科学是无止境的，这是因为宇宙是无止境的。人们对于宇宙的认识、科学的探索，将永远不会停下脚步。

在总体趋势上，科学发展表现为继承与创新的统一。继承是科学技术发展中的量变，它可使科学知识延续、扩大和加深，只有继承已发展的科学事实、已有理论中的正确东西，科学才能发展，不断完善，继续前进。只有在继承的基础上进一步创新，才能使人类对自然的认识出现新的飞跃，引起科学发展中的质变，创新是继承的必然趋势和目的。

不难看出，任何天才的思想都必须发展，可能在当时条件下产生、当时看来是正确的理论，随着时间的流逝、时代的进步，或许结论就不一样了，对有问题的，或者是错误的思想，我们有必要进行修正与否决。

西学东渐，西医传到中国，中医受到巨大的冲击与挑战。发展到今天，中医出现了一种力不从心、每况愈下的尴尬局面。其根源在哪里？我觉得，我们中医工作者有太满足于中医理论体系的现状的心态，才是我们中医日渐没落、中医研究和发展滞后的最大障碍。

中医之所以经不起西医的冲击，陷入困境，既有客观原因，也有主观因素，关键是中医未能适应形势，因循守旧，不改革创新，不与时俱进。

中医理论几千年来接近凝滞状态，正是中国传统文化背景的缩影。

中医的基础理论《黄帝内经》创立，加上《伤寒杂病论》的问世，确立了中医学的学术范式，此后，历代都强调习医者先须精读《黄帝内经》、研习《伤寒杂病论》，这本属正常现象，无可非议。然而，封建统治者们出于维护封建社会稳定的需要，不仅把意识形态领域的一些经典著作奉若神明，这种倾向也涉及学界。到了明清时期，凡言医必本《黄帝内经》《伤寒杂病论》。科学是承认偶像的，但一旦树立起偶像，旧有体系就能更长久地延续下去，就会缺少创新的动力和基础。

由儒业医，是古代中医队伍的特点。儒生是中国特有的知识形态子系统的主要力量，政治子系统中官僚阶层的替补大军。仕途不得意等因素常促使儒生们信奉"不为良相，便为良医"之说，转而业医。历史上名医大半习儒出身，这就为维护中医理论体系的超常稳定提供了人员保证。因为儒生尊奉先圣，习惯于调和，每每乐津于先人之谈或旧有认识，恪守原有体系。

受儒家思想的影响，经学是不被研究的，只能诵；也不能讨论，只能引证。古时医者认为经学是包治百病的灵丹妙药。

经学传统，中医学的医经注释现象是与中国封建社会长期以儒家经学为正统封建文化主体的历史现象分不开的。强烈的尊经意识僵化了医者的头脑，束缚了他们对疾病等客观现象的探求欲望，对医疗实践中不断产生的新情况、新问题不再感兴趣，只是一味地注释经典，在先人的经验中找出答案，一旦在经典中找到证据便大功告成。清代医学家陈念祖说："儒者不能舍至圣之书而求道，通家岂能外仲景之法以治疗？"（《长沙歌括方》）。

《黄帝内经》是战国迄秦汉之际医学理论之总结概括；《伤寒杂病论》是东汉名医张仲景医疗经验之集成。本是来源于实践经验之书，竟被用来阻碍后世从事医学实践而探索真理的道路。在中医界，医经注解现象就是夸大前人经验性总结的代表著作的权威作用，将其作为"万事不变"的教条来垂范后世医界，留给医界一系列的副作用。中医学界至今没有谁敢指出《黄帝内经》《伤寒杂病论》中的某些错误，没有谁去做修改、创新、重组中医经典工作，试想，如此僵化了的中医基础理论，面对应用新理论、新方法、新技术创新的西医学的挑战，又怎么会不败下阵来，并陷入尴尬的困境呢？

中华民族正在腾飞，文化传统正在发展变化，因此，中医学的创新与发展，也势在必行。

中西医的理论结合与工作结合

中医与西医是两个不同的医疗体系。中医与西医研究的对象虽然都是人，但由于受研究的思维和方法的影响，中医研究的是整体层次上的机体反应状态及其运动、变化；而西医研究的是构成人的组织、器官、细胞、分子的结构与功能。

中医是在不把人拆成零件、不干扰活的生命过程的条件下，把人作为一个整体并与自然、社会联系起来进行考察，着重研究生命过程中自然流露的，依靠望、闻、问、切四诊所收集的机体反应状态（即脉象、舌象、神色形态、症状等），从状态及状态运动的过程来总结人的生理与病理规律。西医则以解剖分析的方法，把人的整体拆成单个的零件，然后分头研究构成整体的各个组织、器官乃至细胞、分子的结构功能，从而认识局部的生理规律和病理特点。

在中医看来，人是整体状态的人，它的全部理论与实践都是以状态为中心的，研究状态的识别、运动，着力于状态的调整、控制。在西医看来，人是由各个组织器官组合而成的，它的全部理论与实践都是以其结构与功能为中心的。相比可知，一者着重于整体的人，一者着重于局部的人。按照系统论关于"整体大于部分之和"的论题，中医研究的对象，更能代表生命的真实。

中、西医不但对人体研究的切入点不同，研究的方法也是各异的。中医采用的是综合的方法，西医采用的是分析的方法，或称还原的方法。对于这两种方法，前面曾经说过：中医从宏观看问题，有宏观的准确性，但缺少微观的精确性；西医从微观看问题，有微观的精确性，但缺乏宏观的准确性。各有其优势，也各有其不足。

曾经有人把中医药学作为研究对象，试图用解剖分析的方法加以研究，企图达到中医、西医理论或体系结合的目的，并一度作为发展中医的必由之路，这肯定是行不通的，后来被否定。从学术理论上看，探讨中医、西医临床优势相加或相融的最佳模式过程，也是将两种研究对象、两种研究方法由二到一，并达到高于或优于一的过程，这应该算是"中西医结合"了吧。从目前来看，这个过程找不到"结合点""交融点"，两条道上跑的车，只能并列前进。因为以一个学科应用的方法来研究另一个学科既成的知识体系，在自然科学研究中几乎是找不到先例的。

由上可知，创造"中西医结合学"看样子是可能性不大的，单说"中西医结合"有无可能呢？首先必须明白，所谓"结合"，是人或事物间发生密切的联系。中西医结合，如果不追求在"学"字上的结合，就剩下工作层面的问题了，在工作层面做到中西医结合，那还是很有可能的。

在中西医结合的操作上，不单限于中医，也包括现代西医。工作上的结合，有时是西医之要，有时是中医之需。

凡是在综合性医院工作的人，都是会有这种感觉的。比如，西医遇到一个不明原因发烧的病人，经多方检查与治疗，体温始终不退，在这种情况下，西医提出请中医会诊，希望用中药解决发烧的问题。这在医院可以说是司空见惯的事。中医也是这样，有时遇到棘手的问题，有病人治疗效果不好，请西医会诊，提出诊疗意见也是常有的事。以上的过程都伴随着一个中西并用、中西医结合的问题。

再一种情况是：有某种病，中医能治，西医也能治。如果中西两法同时治疗，疗效更快，病程更短。如肺部的细菌感染，既按西医的治疗原则，消炎、止咳、化痰，畅通呼吸道，又加用中药，或清热解毒、宣肺止咳，二者相加，起到协同的作用，这种情况，临床也是常见的，这个过程也属于中西医结合。

还有一种情况，也美其名曰中西医结合。不过，我给它取了个专门的名称叫"拄拐杖式"的中西医结合。有的中医，由于自己的"功底"不深，或临床经验不足，对自己辨证施治的水平心中无数，遇到病人，中药也上，西药也用，总有一药会起作用。这种撒出网达到双保险的方法是不值得提倡的。

最后我要说的是，还有个别的中医，一见到病人，不是用中医思维看病，满脑子的西医观念，该检查的拼命检查，治疗的方法首先就是用西药，虽然你也看到他开了中药，但是那只是做样子的，怕别人说"中医不开中药"。当然，这里也不排除经济利益驱使。总之，这种方式是不可取的。

创办国家级杂志

大概是在20世纪80年代后期，全国中西医结合消化系统疾病学术交流会定在湖北宜昌举行，因为湖北是东道主，大会主要事务均由我科教授陈泽民负责，这其中就包括论文汇编。全国参会的代表撰写的论文均交陈泽民教授处，再由时任全国中西医结合消化系统疾病研究会的主任委员、北京中医医院的危北海教授组织有关专家进行审稿后，陈泽民教授负责汇编成册供大会使用。应陈教授的邀请，我参加了汇编工作。在做这项工作时，我对陈泽民教授建议，以中国中西医结合消化性系统疾病研究会、中国中医药学会脾胃病专业委员会、同济医科大学等三家的名义，创办一份"中国中西医结合脾胃病杂志"，作为学术交流平台，并且指出我们完全有能力办好这份杂志。陈泽民教授听完我的建议后表态说："你这个建议很好呀，到时候我把这个想法告诉北京的危北海教授及李干构教授（中国中医药学会脾胃病专业委员会的主任委员）。"

在湖北宜昌举行全国中西医结合消化系统疾病学术交流会时，陈教授把办杂志的想法讲给危北海教授听，危教授表示全力支持，但同时指出："办杂志，尤其是全国性的杂志，申请期刊号是很难的，要经北京国家科委批准！"

陈泽民教授说："这个情况我们了解，如果大家相信我的话，我自愿承担这个任务。"

在宜昌的学术交流大会结束后，陈泽民教授又把准备三家联合办"中国中西医结合脾胃病杂志"的事向北京的李干构教授征求了意见，同时也向同济医科大学的李国成副校长进行了汇报，他们都表态积极支持。在三家主要负责人的一致赞同下，申办杂志的事正式启动。

具体的时间已经记不清楚了，大约是从1988年开始到正式拿到期刊号，陈泽民教授先后去北京国家科委达10次之多，这期间我是中医科的副主任，他去北京都向我请假或通报。功夫不负有心人，终于在1993年获得前述的三个单位联合办《中国中西医结合脾胃杂志》的批文及期刊号（后改名为《中国中西医结合消化杂志》）。陈泽民教授真是功不可没，可以这样说，如果没有陈教授的努力，没有他那股干劲和韧劲、那股执着的精神，这本杂志难以问世。

期刊号批下来后，具体到杂志的经办、出版、发行，那也是经历了千辛万苦的。可以这样说吧，办这份国家级的杂志，真叫白手起家。创刊的消息发出后，全国各地的稿件源源不断涌来。虽然杂志有主编、副主编、编辑部主任，但没有一个是专职人员，根本不懂编辑业务。因为这本杂志挂在我们同济医科大学，所以杂志编辑部就设在我们中医科。因为是三家合办的，有三个主编，即北京的危北海、李干构和同济医科大学的陈泽民。因杂志编辑部在我们协和医院中医科，杂志的一切事务性工作都由陈泽民负责，所以陈泽民教授担任的是执行主编。李道本教授（兼编辑部主任）、李国成副校长和我三人任副主编，负责杂志的有关具体事务，诸如参加审稿，轮流担任每期的责任编委，甚至校对等工作。后来从外院调来杨胜兰医师来杂志编辑部专事杂志事务，经培训，成为正式编辑。又聘《同济医科大学学报》的退休编辑邱皓文、刘训芳二位老师作为专业编辑，才逐步使杂志走上正轨。

《中国中西医结合消化杂志》从创刊至今已31年了，喝水不忘掘井人，陈泽民教授居功至伟！

硕士研究生应提高临床诊疗水平

随着社会的不断发展和进步，对高层次人才的需求日益增加，研究生教育作为培养高层次人才的重要途径，可为社会培养更多高层次专业化人才，满足社会发展的需要。培养大量的研究生有助于国家科技创新和发展，提高国家的综合竞争力。

发展研究生教育是社会发展的必然趋势。学子们出于对学术研究的热爱和对知识的渴望，选择攻读研究生，他们希望通过深入研究某一特定领域，或通过学习掌握科学研究的手段和方法，为科学进步做出贡献。

科教兴国，人才强国是根本，利国利民。

为适应中医药事业发展对中医专门人才的迫切需求，完善中医人才培养体系，创新中医人才培养模式，国家设置了中医专业学位体制，为中医药事业培养硕、博人才。其目标主要是培养具有扎实的中医药学理论基础、广泛的中医药学实践技能和丰富的中医药学教学经验的中医药学专业高层次人才，以满足中医药学领域对高层次人才的需求，这是百年大计，功在当代，利在千秋。

我在职时不仅招收过硕士研究生，几乎每年都参加为数不少的硕士研究生毕业论文评审及研究生毕业论文答辩工作，以至于我的母校湖北中医学院（现为湖北中医药大学）中有人戏称我是"答辩专业户"。论文评审及论文答辩工作，使我学到了很多知识，同时，在多年的工作中，我也积累了一些对这项工作的思考。

我想谈谈对中医硕士研究生培养的一点看法。

主管部门对中医硕士研究生培养是有严格要求的，要求硕士研究生具有系统、扎实的中医基础理论、本学科专门知识及技能，或具有较高的诊断与临床治疗水平，重视理论与实践相结合；熟悉本学科或某些领域国内外学术发展动态；掌握一定的现代科学研究方法，具有从事科学研究、教学、临床和独立承担专门技术工作的能力。特别强调，其临床能力培养，要按照中医住院医师规范化培训的标准进行。

中医硕士研究生分为基础理论与中医临床两种类型，其侧重点是不同的。

第一个问题：硕士研究生临床实践水平普遍没得到提高，或提高不明显。

硕士研究生一般学制为三年，这三年中：

第一学年是确定培养计划，集中进行公共课（政治、外语）及专业基础课学习阶段，并有占用时间较多的限定选修课，如计算机应用、医学统计学、科研思路与方法、现代仪器分析等。

第二学年是撰写文献综述、开题报告、完成课题设计、进入预实验。到第四学期，开始实施学位课题的科研工作。这里面事务性工作多，包括选择实验动物，动物购买、喂养，有的还要亲自实施动物实验，等等。容易挤占学生跟随导师上临床的时间，或减少跟导师上临床的安排。这差不多是一个普遍的现象，使硕士研究生在攻读学位时的临床计划安排不能落实。

第三学年，有的学生在第五学期还在做课题，但大部分已经进入论文撰写阶段，做预答辩的准备。第六学期毕业前是要完成论文答辩的，在这个学期还有一件计划外的事情会占用研究生很多时间，就是为找工作，找接收单位到处奔波。这更影响了上临床，开展助教等工作和要求。

所以，我认为一个毕业了的中医硕士研究生，其临床诊疗水平是不及同届的已工作的本科生的。同届的本科生分在某医疗单位，踏踏实实搞了三年临床，自身诊疗水平是大有提高的，而硕士研究生虽然有些知识面增宽了、加深了，但临床实际工作能力提高并不明显。中医是一个重实践、重临床积累的学科。读了三年研究生，临床实践水平却普遍没得到提高，或提高不明显，这问题应当引起足够的重视。包括中医博士研究生在内，他们虽然学位很高，但是临床资历很浅。

第二个问题：攻读硕士学位期间，虽有经典著作研读的计划与安排，但难以落实。我也不是被强烈的尊"经"意识僵化了的人，但既然学中医，对几部中医经典著作还是要下一番功夫的。我常在硕士研究生论文答辩时，向研究生提一个与他的论文无关的问题，试图考察一下其掌握经典著作的情况。比如，我有时会提出下列问题：请你用《伤寒杂病论》太阳篇的原文说明"太阳伤寒"与"太阳中风"的区别？被问的研究生几乎有90%不能令人满意地回答这个问题，甚至根本无法回答。硕士研究生的培养计划虽然注意到了要加强经典著作的研读，但因时间因素，一般无法落实。

　　第三个问题：为了培养硕士研究生的科研能力，设置了一些限定选修课，这些课程对提高科研能力及论文的撰写是有帮助的，但对中医学的科研有帮助吗？中医的科研究竟该如何进行，值得深思。

下大力气寻找中医的科研方法

以《黄帝内经》为代表的中医基础理论体系形成于两千多年以前,是在中国传统哲学的孕育下产生的。西医的解剖学、生理学的形成是近代物理学、化学的成熟而孕育的结果。中医与哲学一样,研究对象是事物运动变化的现象(或证候);西医与现代物理、化学一样,研究对象是物质实体的结构与功能。

中医与哲学的研究方法,是由综合到演绎的逻辑思维方法;西医与现代物理、化学的研究方法,是由分析到归纳的实体实验方法。从《周易》的意义上讲,中医是"形而上"的医学,西医是"形而下"的医学。人们不可能用西医实体实验的方法研究中医"形而上"的证候表现,也不可能用中医逻辑思维的方法研究西医"形而下"的结构与功能。这是人类科学分类学的规律所决定的。[1]

如《伤寒杂病论》所列的那样,中医的疾病分类方法、对疾病的发展阶段的认识、用药思路等都和西医不同。用西医的方法研究中医,所失者比所得者要多,因为显微镜下只能看到一点,而看不到人的生命的全部。[2]

---

[1]李致重.对中医学的科学定位[N].人民日报·海外版,2019-06-01(009).
[2]李致重.对中医学的科学定位[N].人民日报·海外版,2019-06-01(009).

新中国成立不久,我们就建立了中医药研究所,国家每年投入大量的资金来研究中医,结果呢?七十多年来,中医不仅没有取得任何重大突破性成就,相反,部分国民还越来越觉得中医不科学了。到底是什么原因造成的呢?我认为是中医研究方法出了问题。

中医和西医背后是两个完全不同的科学体系,它们认识世界的立足点不同,得到的科学理论也完全不同。我们现代人是如何研究中医的呢?却是站在西方科学的立足点之上,用西方科学的还原方法来研究,这样的研究结果,就导致我们中医研究没有正确的方法论,研究的大方向错了,没有成果就是自然而然的了。

比如说,1958—1961年,湖北中医学院第二届西医离职学习中医班的学员毕业前不久,在卫生部分管中医工作的领导的重视下,提出脏腑学说是中医学的理论核心。论文开始是在《人民日报》上摘要刊登,后又在《健康报》《光明日报》全文转载,1962年在《中医杂志》正式发表。文章的中心论点有三:①中医有一套与西医不同的独特的理论体系;②脏腑学说是中医理论体系的核心;③阴阳五行学说是中医的说理工具。这篇文章虽然在当时中医界轰动很大,现在看来,把阴阳五行学说看作是中医的说理工具是值得商榷的。[1]我在前面说过,中医学以阴阳五行学说、脏腑经络学说等为基础,如果把阴阳五行学说当成说理工具,这对中医整体观肯定不利。

又比如,20世纪末,随着科技的发展,各个科学领域的分

---

[1] 许自诚.中医脏腑学说的研究与应用[M].兰州:甘肃科学技术出版社,1995.

支日益细化,各学科之间相互渗透的现象越来越明显,适应这一趋势,系统论、控制论、信息论这三门边缘学科几乎同时产生。它们的出现,对科学技术和思想的发展起到了巨大的推动作用,为现代多门新学科的出现奠定了坚实基础。三者的关系可以这样说:系统论提出系统概念并揭示其一般规律;控制论研究系统演变过程中的规律;信息论则研究控制的实际过程。

系统论是一门跨学科的学科,它超然于具体学科之外,是概括各学科普遍具有的基本规律的学科。

再说说"黑箱论",有人说"黑箱论"是中医身上披的一张虎皮。有人认为,司外揣内方法与现代控制论的"黑箱论"类同,此方法可以预测研究对象内部大致的联系与变化。

黑箱模型依靠外部的输入输出信息研究,中医只能从外部观察,单用司外揣内的思维能推测人体内脏状况吗?达不到输入输出的因果关系的实践经验只能是一种粗经验,而除此之外,中医研究中输入输出经验的真实性也是很值得怀疑的。

从以上分析可以看出,中医在研究人体这一黑箱对象时获得的输入输出经验,充斥着很多的粗经验、伪经验,是不符合现代黑箱理论中输入输出关系所需要的真实的、确定因果关系等原则的。一句话,无论是方法、逻辑、信息以及推导出来的结论认识,都不满足一种科学方法所需要的原则,这样的建模怎么能披上黑箱理论的外衣呢?

说句开玩笑的话,中医学真是一个传统,甚至是有点古板的不太合群的学科。中医研究试图从内部的改造或借用外部因素充实、提高它,效果都不明显。时至今日,并未找到研究中医(或叫中医研究)的科学方法。个人认为,不管哪门学科,都要不停地创新与发展,如果完全不创新,那是没有前途的。有人说,中医界不是做了大量的科学研究吗?我斗胆说一句,除极少数外(如病例报告),绝大部分所谓的科研成果都没有达到两个基本要求:一是提高完善中医理论;二是指导临床实践。因此,这种所谓的科学研究可以说是徒劳的、无益的。既然是这样,可能有人会反问我:那么你所做的科研内容为什么也是这样的呢?这里有一个心照不宣的现实的原因,在没找到中医研究的正确方法之前,大家只能这样邯郸学步,否则,你另搞一套,不被人承认,或者说在这种情况下,你不搞"科研",那你肯定不会"有成果""有论文",更不会有获奖项目,升不了级,提不了职。

1991年,我有一篇文章《老年与老年前期肾虚证骨矿含量的分析》曾以"论著"的形式,刊登在当年的《中国医药学报》第五期上,这本杂志与中国最早的《中医杂志》可谓是平起平坐的,说明当时的《中国医药学报》对我的这篇文章还是很重视的。现在回头来看,这篇文章最多只能算是对中医理论"肾主骨"的一个"印证"研究,并无明显的创新之处,包括我获得国务院政府特殊津贴的成果与文章,也都是这种类型的,谈不上对中医理论的充实,更不觉得对临床有实际指导意义。我如此,中医界也是如此,所以,中医长期以来没有什么突破性发展,这是可以想象得到的。

我建议,国家有关单位要重视这个问题,中医的科研该如何开展,应花大力气、深入地进行研究,希望将来在国家政策支持和中医科研工作者的共同努力下,使中医迎来突破性的大发展。

颐养篇

久在樊笼里
复得返自然
归园田居·其一

退休——走好人生的后半程

颐养天年是指人在晚年时期注重养生保健，延年益寿，过上健康长寿的生活。古代做官的人称退休为"致仕"，也叫告老还乡，中国古代的"退休"仅限于官吏，平民百姓并不在此列。而在现代，退休是所有人人生的驿站，是新生活的开端，也是一种福利，我们要珍惜这大好时光，并充分利用这大好时光，走好人生的后半程。

南宋僧人慧开和尚的诗说得好：

春有百花秋有月，
夏有凉风冬有雪。
若无闲事挂心头，
便是人间好时节。

我们国家实行严格的退休制度具体是从什么时间开始的，我没有刻意去了解，可能是在20世纪80年代以后。有一件事我记得特别清楚，我们门诊曾有一位程姓工人，是位孤独老人，早过退休年龄了，人事部门根据上级规定请他退休，他不愿退。人事部门找到我，要我给他做工作，办理退休手续，可程师傅就是不干，并对我说："老弟，我孤苦一人，身体多病，是不能退休的。我若退了休，有个什么大事小事，谁来管？"我说："找单位管呀，找组织上管呀！"

老程说："退了就是打入另册的人了，还有谁管你哟？等我观察一段时间再说。"那时才刚实行退休制度，要求不是很严，即使到了退休年龄的人，他不退，你也拿他没办法，后来制度化了，退休工作才转入正轨。

现在才体会到，退休生活是每个努力工作了一辈子的人都期待的阶段，它代表着辛勤工作的付出得到了应有的回报，代表着可以放松身心，享受美好时光。

我在退休时写了一首打油诗：

忙忙碌碌已成翁，
一言退休便轻松。
自此光阴为己有，
怡然自得人从容。

第一次出远门到加拿大

我退休后第一次出远门是到加拿大。对于加拿大这个国家，我在小学、中学上地理课时就知道，那是一个位于西半球的国家，距离咱们中国很遥远。加拿大对于中国大部分人来说，是一个知道却未曾去过的地方，我做梦也未曾想到这辈子会有机会去加拿大，咱们中国这么大，能在国内走走看看就不错了。

事情说来也巧，就在我退休前不久，我儿子对我说，他们想去加拿大。

儿子去加拿大三四年了，我退休也三四年了，有的是时间，我想去看看他们在那里生活得怎么样，不亲自看看，总放心不下；再是我儿媳妇马上要生孩子了，他们在那里举目无亲，我们想去帮他们带带娃，做点家务；还有一个目的是，我在国内生活了大半辈子，国外的世界没见过，也想去看看外国与中国有什么不同。

我和夫人第一次去加拿大是2003年9月。在国内时，坐过几次飞机，一般都是坐个把小时或两个小时左右就到港。去加拿大，先从武汉飞北京，在北京短暂停留后，再用12个小时的时间从北京直飞加拿大的温哥华，在温哥华停留约1个小时，接着飞多伦多，从温哥华到多伦多又是5个小时，这一天当中，不光经历了飞机的三起三落,在飞机上的时间竟有18小时之久,真叫人过足了坐飞机的瘾。那飞机起落升降也叫人怪难受的。

　　加拿大陆地面积比咱中国大,可人口还没有湖北省人口多,据了解,2023年加拿大全国人口还不到四千万。多伦多是加拿大最大的城市,我儿子一家就定居在多伦多。因为人口稀少,初一看,多伦多如同国内的乡村,除市中心有些高楼大厦外,其他地方多是由独立屋组成的街道,大部分都是居民区。说句实话,多伦多的城市绿地还是搞得很不错的。

　　我们去后一个多月,儿媳妇的产期就到了,生产的当天,我夫人去医院,打算照料儿媳妇,结果被医院请了出来,加拿大医院是不让家属陪护的,我儿子想在那里照料都不允许,这和国内是有区别的。据儿媳妇说,她在生产过程中感到口渴,助产接生的医生说:"给一块冰块在她口里含着。"这在中国人看来也是不行的。中国人认为,产妇是要忌风、忌生冷的,包括待产、生产、产后观察,均是如此。儿媳妇在医院里只住了三个晚上就出院了。产后一周,有专门的护士到家随访,实地考察产妇、婴儿及家里的经济情况,并进行评估,看是否需要政府帮助,据说,对每位产妇都是如此。

　　婴幼儿一两岁,或两三岁,偶尔生个病、发个烧什么的,那是常有的事。有一天晚上,孙女高烧40.6℃不退,我对儿子说:"孩子体温这么高,你应该把孩子送去看看医生。"

　　儿子说:"爸爸,你不了解情况,你到了急诊医生那里,好不容易排了三四个小时的队,轮到给我们孩子看病时,最后就是两句话'回去少穿点衣服,多喝点冷开水或冰水,如果到了第四天还发烧,再来看'。其实,什么处理也没有。"我惊叹加拿大人看病的依从性真好,这要是在国内那是肯定不行的。当然,孩子高烧,如有很特殊的情况,还是可以随时送医生诊治的。我的孙女如今已是大学三年级的学生了,长这么大,没因为生病打过一次肌肉针,更别说静脉输液了。

第一次到加拿大,真可谓人生地不熟,如果没有儿子媳妇引领,外出干什么都难。平时我与夫人在加拿大活动的区域大概在住处的2公里直径的范围内,不能走得太远,走太远了,回去都困难。

加拿大是一个建国才100多年的国家,它的版图虽然很大,人文、地理景观并不多,不像咱们中国,有上下五千年的文明史,人文、地理景观到处都是。我们第一次去加拿大,利用儿媳妇产期未到的时间,随他们一起去参观了尼亚加拉大瀑布。该瀑布位于加拿大安大略省和美国纽约州交界处,瀑布源头为尼亚加拉河,主瀑布位于加拿大境内。

我们站在岸上观看,轰鸣的瀑布声与雾状水汽一齐袭来,非常震撼。

尼亚加拉大瀑布、伊瓜苏大瀑布与维多利亚瀑布并称为世界三大跨国瀑布。尼亚加拉河为美、加两国共有,主航道中心线为两国边界。两国在瀑布两侧各建了一座叫做尼亚加拉瀑布城的姐妹城,两城隔河相望,由彩虹桥连接,如果想要看大瀑布的正面全景,最理想的地方还得站在横跨尼亚加拉河的彩虹桥上,在桥上步行五分钟,便可从加拿大走到美国。

我们第一次去加拿大时，签证的有效期为180天，在回国前夕，我们去瞻仰了伟大的国际共产主义战士白求恩大夫的故居与纪念馆。1970年10月，中、加正式建立外交关系，1972年，白求恩同志获得"加拿大历史名人"的称号。

白求恩故居坐落在距多伦多165公里的格雷文赫斯特北方小镇，我们去的时候时值2004年2月，这里还是冰天雪地，大地白茫茫的一片，厚厚的积雪如同白色的绒毯，让这个小镇显得洁白无瑕。白求恩的感人事迹，通过毛泽东的《纪念白求恩》一文广为传颂，至今仍为几代中国人所熟悉。毫不利己、专门利人的精神鼓舞教育了一代又一代的中国人。

我们在白求恩故居前照了几张照片，其中有一张照片左上角上的题词是我模仿着伟大领袖毛泽东《纪念白求恩》一文中的语气写的：李仁康、艾桃英同志是中国共产党党员，已经六十多岁了，不远万里来到加拿大，拜谒白求恩故居……

后来几次去加拿大，我们又游览了其他一些地方，其中有个"加东三日游"让我印象深刻。当时我们去了蒙特利尔市，在这里，我们听导游说到一件事，个人认为，这要是在咱们中国，那是绝对不可能的。

事情是这样的，加拿大蒙特利尔市先后申请了5次，才赢得1976年第21届奥运会的举办权。为了办好奥运会，蒙特利尔市投巨资大兴土木，修建了一座漂亮的运动会体育场。这座体育场占地750亩，可容纳56040人，而这座城市总人口就只有50万人。这座漂亮的主会场除了先进的可开合屋顶外，还拥有一座175米的高塔，就像航船上的桅杆，登顶可以一览蒙特利尔市全景。可惜，由于施工难度大、工人罢工、经费不足、管理不善等问题，工程费用一再追加，最后严重超支，直到30年后的2006年11月，蒙特利尔市政府才还清全部奥运债务。

> 人生代代无穷已
> 江月年年只相似
> ——《春江花月夜》

说说我孙女

我的儿子、儿媳妇是2000年移民到加拿大的,我孙女(Michelle,中文:李楚枫)是2003年11月出生的。孙女出生时,她父母还未加入加拿大国籍,但根据加拿大法律规定,尽管孩子的父母未入籍,但孩子只要是在加拿大的土地上出生,就能自动获得加拿大国籍,可与加拿大本地孩子,或父母已入籍的孩子享受同样的待遇。

我孙女从1岁多起开始学习游泳,每周一次,从不间断。加拿大虽然冬天很长,气候寒冷,但室内建筑比如说游泳场馆还是温暖如春的。这孩子从四五岁时开始学习滑雪、滑冰,虽然未参加过正规的比赛,其娴熟程度那也是令人称赞的。六七岁时开始学习打羽毛球,在由中国羽毛球国家队退役选手开办的俱乐部练习。小学五年级时,她已是多伦多约克区小学的双打冠军。她初中毕业时,还通过正规考试,钢琴达到10级水平。

孙女的小学阶段是在当地的一所私立学校度过的;初中则是在家附近的公立学校就读;所读的高中在安大略省高中排名长期名列前茅。这所高中学制4年(加拿大初中学制2年,高中4年),除了执行加拿大的教学计划外,还要选择欧洲高中规定的6门必修课程。这6门课程虽由加拿大教师授课,考试命题及考试试卷的批改须由欧洲的老师完成,加拿大的老师既不能参加考试命题,也不能参与试卷评判,而且还要做到保密。

加拿大学生高中毕业后要上大学，是不需要经过全国统一考试的，他们非常重视学生平时的学习成绩，主要考查初中阶段，尤其是高中阶段的成绩。学生在高中毕业时，以中学阶段（重点是高中阶段的成绩）向有关大学进行申请，各大学再通过独立审查决定是否录取。

我孙女毕业的那一年，申请了加拿大的5所大学，这些学校包括温哥华的英属哥伦比亚大学（UBC）、蒙特利尔市的麦吉尔大学，还有滑铁卢大学，以及世界排名第25位的多伦多大学。其中，报考门槛最高、录取也最严的要算麦克马斯特大学（McMaster University）的医学预科专业和滑铁卢大学的计算机专业了，这两个专业录取比率最低，专业的申报条件接近于"苛刻"，光学习成绩好分数高不一定能保证录取。除了要求学生高中阶段各门课程的平均分数在90分以上外，还要求高中阶段要有丰富的课外活动实践，比如游泳、网球、钢琴等运动、艺术项目，长期的社区志愿活动，课后的打工实践经历，以及领导能力的培养等方面。孙女所学的欧洲高中的6门课程的成绩对申请也有很大帮助。孙女高中毕业那年，全加拿大符合上述条件并申报麦克马斯特大学医学预科专业的有7000余人（这个专业不招收国际学生），到最后实际录取时，全加拿大才录取了240人。难怪有加拿大人说，这所大学的录取条件比申报美国哈佛大学还难。尽管如此，我孙女还是很荣幸地被这所学校录取了（实际上，我孙女收到了所有申报的5所大学的录取书）。我孙女最大的优点是学习自觉、有计划、自我约束能力强。她老师也评价说这孩子学习既勤奋，又善于动脑筋。

召回来了没有?

这个小标题是什么意思,不知情的人,猛一看,肯定是一头雾水。问这话的人,是我20世纪六七十年代在部队时的战友、武汉老乡,我们同在一个部队生活多年,相互间既熟悉又了解,包括我家里发生的有些事,他也知道得一清二楚。

"召回来了没有?"是什么意思呢,这个问题还得从20世纪六七十年代我婚后的一件棘手的事说起。我与夫人桃英是20世纪60年代结婚的,婚后我们两地分居,她在地方,我在福建部队。从1966年起,夫人先后三次怀孕,都流产了,什么原因,也不知道。我利用回来探亲的机会,带她到武汉的医院看过几次医生,因时间短,也未看出个什么名堂来,更别说找到多次流产的原因了。已经成了习惯性流产,家人、同事、朋友都说要引起重视了。

1970年,我又回汉探亲,专程去了一趟湖北中医学院附属医院我同学余信树那里,请他帮忙照顾我夫人。意思是说,假如我夫人再怀孕,就把我夫人收到中医妇科保胎治疗。回到部队后,夫人告诉我说"又怀孕了",我立马电报湖北中医学院附属医院的余信树同学,请他帮忙安排我夫人住院保胎。

我同学及时为我夫人办了住院手续,吃中药保胎。这一保就是4个多月,等到怀孕已有5个月或近半年了,中医妇科的医生说，根据她们的经验，可以出院回家休息，不一定需要再继续服中药了。怀孕足月后，夫人生下一个男孩，孩子出世时，我在部队，夫人写信问我："孩子要上户口，取什么名字？"我认真考虑后给夫人回信说："儿子取名'超'，叫李超。"我同时给夫人解释说，这个孩子能生下来真不容易，他前面的三个孩子都"走"了，本来他可能也是要"走"的，要不是采取中药保胎，那就很难说了。一个要"走"，一个要保胎把他召回来，这"走"与"召"拼在一起，不就是一个"超"字吗？孩子取名李超是有含义的，我夫人也认为这名字取得有实际意义，就同意孩子叫李超了。我夫人保胎成功，孩子取名李超的事被我的战友知道了，一是热情地祝贺我们喜添贵子，再就是大赞给孩子的名字取得好，还在部队给我到处宣传。

我夫人桃英原本是武汉市人，1960年自湖北省武昌幼儿师范毕业后，服从国家统一分配到大别山区的大悟县河口镇任教，工作几年后调回武汉。夫人回汉时我儿子6岁，读小学一年级，小学毕业后升入初中，这个学校的初中一年级一共8个班，我儿子在初中三年，不是全年级第一名，就是第二名，成绩相当稳定。到升高中时，他并未参加中考，而是直接保送武汉二中学习，高考时考入华中理工大学自动化控制系，本科毕业又考入本校机电一体化专业攻读硕士研究生。在硕士二年级时，学校动员他硕博连读、直接攻读博士学位，儿子却选择了读完硕士后就业，被分配到中国银行湖北省分行信息处工作。

儿媳妇魏瑛，毕业于中南政法学院，在武汉市检察院工作。有一天，他们突然对我说，想去国外工作、生活一段时间，然后他们就去了加拿大。当我战友得知这一情况后，显得一脸的不相信，说你儿子、媳妇那么优秀，工作单位又好，国内发展空间又大，你把孩子们搞到国外去干什么，你赶快像当年给你媳妇保胎一样，迅速把他们从加拿大"召"回来。还叮嘱我，不要让孩子们在国外待长了，待的时间越长，就越难回来了。

自此以后，我战友每次只要碰到我，一句话就是"召回来了没有？"

越到后来，我越没有言语回答我战友了。孩子大了，他们有他们的思维，他们有他们的具体情况，我们哪里管得了呢？这一拖，我儿子他们在国外就是二十多年了，哪里还"召"得回哟？现在只能退而求其次，心想，只要他们在国外生活得好，不回就不回吧。我常常想，国家这么大，发展得这么快、这么好，他们要是不出国，该多好啊。再回过头一想，这世界上哪里又有后悔药哩。

> 采菊东篱下
> 悠然见南山
> ——《饮酒（其五）》

我在多伦多坐堂看中医

跑了几趟加拿大，觉得每去一次都要办签证，实在太麻烦，有人说，不如干脆申办一张枫叶卡（加拿大永久居民身份证），来去方便。

枫叶卡终于办下来了，我与夫人也成了加拿大永久居民，来去自由，方便多了。有了加拿大永久居民身份，还有个好处，在加拿大找点力所能及的工作做，不算"打黑工"了。

我儿子定居的多伦多，我观察至少有四多：一是华人多，你在大街上行走，或在超市闲转，撞脸的都是华人；二是华人超市多，购物十分方便，国内有的商品，基本上华人超市都有；三是卖中药的店多，加拿大把中药归于食品一类，不作药品管理；四是中医多，中医、针灸、推拿、按摩诊所满街都是。

我拿到枫叶卡不久，就有人把我介绍给多伦多中医学院，经协商，我被聘为中医学院的顾问、教授，参加该学院的教学活动，我曾在该学院讲授"中医内科学"。学员均是华人，懂中文，所以，我是用中文授课。

稍往后，我还被多伦多"和和"中医诊所聘为坐堂医生，每周坐诊两个半天，诊所负责车接车送。

经过半年多的坐诊，我深有感触的是，所谓"中医已走出国门"主要还是走向了在国外的华人中间,我坐诊所看的病人基本上是中国的香港人、广东人、福建人、台湾人等,真正的我们所称的"老外"看中医的极少,他们接触最多的只是中医的针灸、推拿、按摩等,很少有"老外"喝中药汤的。

再一个感受是加拿大的诊疗程序(节奏)相当缓慢。比如说,你咳嗽了想去看看医生,先要找你的家庭医生预约,最快的预约时间至少也得1周,如果医生认为这个病人需做什么检查,又得预约,时间更长,没有2周时间你是什么也检查不了的。检查结果出来了,1周以后你才能拿到结果。我拿到枫叶卡后,想亲身体会一下加拿大看病的程序与过程,于是我先向我的家庭医生进行了预约,被告知说1周后才能看病。家庭医生给我诊疗后,叫我做"体检",又预约到2周后进行,做了有关检查项目后,叫我1周后去拿结果,然后又预约了肾脏B超检查,肾脏B超结果出来后,家庭医生说我需要看泌尿专科医生,泌尿专科医生给我看病的预约期是6周。我一听,买了机票就回国了。回到国内,3天之内就把我的问题查清楚了。

加拿大还有一个问题,医院是不设门诊部的,不直接接诊病人。病人看病都要先去找家庭医生。家庭医生开的检查单是不能送医院检查的,要送专门的负责各项检查的医技单位。加拿大的医院、家庭医生诊所、医技检查单位基本上是不在一起的,看个病很麻烦。

因为加拿大看病的节奏慢,有些真正有病的人就不能得到及时的治疗,于是他们就想到了中医,特别是一些在国内生活久了的香港人、广东人、福建人,本来在国内就很相信中医,也习惯于中医诊治，于是有病就直接找中医治疗，这样，中医在加拿大就有市场了。

　　加拿大的中医只能是纯中医，专门以中药治病，作为中医，只能给病人开中药，想开西药，对病人进行中西结合治疗那是不可能的，加拿大的西药（处方药）管制是很严的，不是注册的正规的执业医师，处方药一片也不能开，即使开了，药店、药师也不会发药。

　　另外，我常听人说："加拿大看病不要钱。"这里我要纠正一下这一说法，加拿大人和加拿大永久居民看病是不要钱，但是吃药要钱。比如我，2007年我68岁时，每次在加拿大看病，不管多少钱，我个人只用交2加元药钱，但这2加元也是钱！对于比我年龄小的，正在工作的人，如果没有买医疗保险，那吃药是要付钱的，这个钱归自己掏。

选择练习书法

大凡读过私塾的人,毛笔字都是写得比较好的。私塾的学生,每天用毛笔写四行小字,一页大字,那是必修课。学习作业、作文都是用毛笔字完成的。走入社会后,文书、公文、文牍也均需用毛笔,毛笔字写得好不好,也是评判当时的读书人有无学问或学问高低的一个重要指标。

我从读书发蒙起,到1962年,断断续续写过五六年的毛笔字,我的毛笔字水平怎么样呢?凡教过我的老师都说,我写的字纯粹是鬼画桃符,连我父亲也这样评价我。不过,也受过一次表扬。

那是1951年下半年,土改队要在乡里搞个展览活动,要求各村组、农会、民兵连、妇联会以及小学准备好自己的展览内容。我们小学的任务是办一个毛笔字书写展览,要求高年级的学生必须参加,而且要认真地把字写好,老师还特别点我的名说,你这回可不能鬼画桃符了。

过了几天,我父亲问我说:"最近你在学校参加过写字比赛吗?"

我说:"高年级的每个人都要写一幅字,我也交了一幅。"

父亲说:"你这回鬼画桃符了没有?"

我说:"动员时,老师点了我的名的,我哪还敢鬼画桃符啊!"

父亲说:"你这回表现不错,写的字被评为全校第一!"父亲接着说,"老师说,你既然能把字写好,平时怎么瞎画呢?"

我无言以对。我小时有个习惯,搞什么事都是"毛三快"(就是干事不认真、不细致),总想早点把事搞完,好早点去玩。

从上初中起到大学毕业,就再也没有什么写字课了,参加工作后,更没有时间练习毛笔字了。不过,我对写毛笔字还是有点兴趣的。

我的住处与公园仅一墙之隔,退休了,免不了早上起来去公园逛逛。这公园真是老年人的乐园,打拳的、练太极的、跳广场舞的、唱歌的、小型乐队演奏的、散步的……无所不有。我特别注意到几个写地书的人,他们提着个小桶装水式墨汁,用自制的海绵大笔,在平整的水泥地上书写大字,楷、行、草、隶、篆都有。有初学者,也有写得很好的。看了几天,我也弄了一套写字的工具,找了一本字帖,在家中练了起来。后来,有人介绍我去老年大学书法班学习书法艺术,我前前后后、断断续续也写了十多年。

学书法最重要的是多学多练,书法老师的水平再高,你选的字帖再好,不下功夫练是不会取得成绩的,更别说三天打鱼两天晒网了,贵在坚持。

十多年来,我临摹最多的是《怀仁集王羲之书圣教序》和明代著名书法家王铎的行、草书,别的字帖也临过,但都没有上述二帖投入的时间多。

临摹,选好法帖很重要,哪怕你是初学,也可以选最好的帖临写，古人提倡"取法乎上"。你选的是最好的帖，但同时也一定要是你喜欢的。帖再好，你不喜欢，那是临不出成绩来的。

书法艺术涉及的内容很多，要在不断的实践中逐步提高。比如说执笔吧，苏东坡说："执笔无定法。"执笔有利于书写就行。当代著名书法家启功先生说："怎么舒服怎么来。"这就得靠个人慢慢摸索了。

笔法、字法、墨法、章法是书法必须掌握的基本功，这几方面是互相关联、互相影响的，书写时要全面考虑这四个要素。笔法，它是书写时用笔的方法，是书法艺术中最重要的基本功之一，包括执笔、用笔力道、节奏等方面的技巧，不同的笔法可以表现出不同的线条质感，从而形成不同的字形和风格。例如中锋用笔，可以产生圆润饱满的线条；而侧锋用笔，则产生轻盈、灵动的线条。要写好书法，必须先掌握笔法的基本要领。

搞书法，最好要有点悟性，比如，上面说的笔法，以中锋用笔如何，以侧锋用笔如何，但在具体书写时，还要吸收前人的经验。正如有位网名叫"弱水三千吾一瓢"的网友所说："我们书法老师运笔是推着走，不是拖着运笔"，"写字要像扫地而不是拖地"。你实践中体会体会看看吧。

我学习书法有年，也花了很多时间，也有一定的进步。搞书法也确实能修身养性，广交书友，丰富退休生活。我是湖北省、武汉市书法协会的会员，参加协会的目的，是想通过这个平台提高自己，使自己生活得更充实。老年人干这些事时，千万不要去争什么名次。身心愉悦才是最大的收获。

认真临摹是学好书法的不二法门

为提高会员的书法水平，2016年，武汉市老年书画研究会在全市会员中开展了临书摹印活动，本人全程参加了这项活动，感慨良多。我认为本次活动，主要收获在三个方面：

第一，学书法者为什么要进行临摹？何为临摹，通俗地说临是"对着写"，摹是"蒙着描"。以前，只知道写好字要临帖，至于为什么要临帖，可谓知其然不知其所以然。评价一幅作品，首先应对其进行整体审视，看作品取法高不高，字的源头在哪里。这次活动强调学书法一定要"取法乎上"，打好基础。古人和传统的最好东西都凝聚在经典书法里面了，各种法帖就是代表。临摹的意义在于，通过准确重复古人的书写而达到与古人接近的书写状态及心理状态，没有逼真的笔触模仿是根本达不到古人的书写境界的。如今书法著作、字帖浩如烟海，然而，那些经过历朝历代反复评价、验证、推敲、比较而被认可的古代法帖，其艺术成就是至高无上的，所以我们要认真学习，为的是使自己从传统中掌握前人的用笔和结体，使其有法度，这是学好书法的基础。古人说："取上得中，取中得下。"如取法不高，就是犯了路线错误、方向性错误，那是很可怕的。

第二，临摹的要点。临摹是用自己的手写古人的字，而且要"写"得像,怎样才"写"得像呢?首先要在读帖上下功夫。要对传统法帖进行欣赏、揣摩、感受,力求达到心领神会,从读帖中领悟原范本的气息、格调、韵味、章法、情趣、意境。临帖是一种比较,字帖上的字和自己的字是比较的双方,要以帖为准绳,与自己的字在笔画的方向、长短、粗细、曲直、斜正、起行收的位置、各部分之间的关系、墨色浓淡枯润、整体的感觉上进行对照比较,反复推敲,要做到心中有数,使笔为心使,才能下笔准确到位。只有对帖观察得细,琢磨得透,感受力越敏感,不断找出临写的不足,临的效果才好。反思过去,我虽然照着帖写过,现在看来,那只能叫"咨帖"或"抄帖",并未掌握临帖的要领,缺乏观察与推敲,效果不好是必然的,今后要把临摹要点熟记于心。

第三,如何临摹。我是学中医的,古代有个大医家叫王叔和,他写了很多书,学中医的人都读他的书。"久读王叔和,不如临证多",意思是说,你把王叔和的医书读得滚瓜烂熟,不去亲自看病,不从看病中积累经验那是不行的。中医的《脉学》说滑脉的脉象是"如盘走珠",缓脉的脉象是"如春风吹杨柳",但初学医的人,一接触病人的脉象就糊涂了,这叫做"心中了了,指下难明"。搞临摹同样是这个道理,临摹理论掌握了,一拿起笔也有"心中了了,笔下难明"的问题。不实地临写,不反复练习,是难入书法殿堂的。这次临摹活动提示我们,临书要下真功夫、巧功夫。第一步要选好帖,最好是自己喜欢的、感兴趣的,兴趣大动力才大,才能持之以恒。临写可从一个字开始,到几个字,再到一行字,循序渐进。临得像不像，先要自我评价，千万不能只管临不管评。认为临得不好的，再临时要改进，要不断地临不断地发现不足，逐渐向法帖靠拢。如果只临不评，不找缺点，或根本看不出缺点，如此苦练下去，实际上是不断重复自己的缺点，一遍遍强化和巩固自己的缺点，甚至重复到再也改不过来了，这就失去了"临"的意义了。务求临一遍，有一遍的收获，通过手的描画，加深脑的印象，通过手、眼、脑的运动，把优美的形象刻在自己的心里，日积月累，你的书法基础自然就坚实了。

本文曾刊登于《晚晴书画》2016年第五期第三版

学书法与学中医

我发现,学好书法与学好中医之间有很多相通之处。书法与中医同属灿烂的中华文明,都根植于中国传统经济社会发展的土壤,它们以不同的方式贡献于社会,滋润着中国人的身心。这两者之间有哪些相通的地方呢?

第一,书法与中医虽然分属不同的学科,但有着相同的赖以支撑的理论基础,即古代朴素的哲学思想。中医崇尚阴阳学说,并把阴阳作为自己理论的重要组成部分,认为人体是一个阴阳动态平衡的有机整体,阴阳失衡是疾病的根本原因。治病就是通过补偏救弊,达到阴阳平衡。中医要求治病求本,这个"本"就是阴阳。再从书法上来看,阴阳作为中国哲学的基本元素和中国文化的基本构成,几乎贯穿于书法的始终,中国书法对美学的追求是不能脱离中国文化的基本精神而存在的,而构成中国书法的美学的对立因素无疑是具有辩证思维的。

比如,书法强调"阳刚之美""阴柔之美",阳刚指的是"骨力和势",阴柔指的是"韵味和趣"。书法对"线质"所要求的虚实、轻重、粗细、浓淡、长短、大小、方圆、曲直、燥润等,以及包括一幅字的谋篇布局,都要考虑阴阳的协调统一。因此,书法一定要抓住阴阳这个纲。

第二,中医与书法都有自己的经典。中医的经典如《黄帝内经》《伤寒杂病论》等；书法的经典，以行书为例，有《兰亭序》《祭侄文稿》等。树立经典意识是学好中医和书法的大智慧。书法学习过程讲究"取法乎上"，这就是经典意识，历代经典法帖经过历史岁月的大浪淘沙，给我们留下了宝贵的学习资料，犹如明灯指引我们前进的方向。中华文明之所以成为世界古代文明中的奇迹，与无数文人世代传承国粹、坚守神圣密不可分。坚守神圣，必须以虔诚敬畏之心恪守传统，不能"任性"，要把经典当必修课、基本功，学得越深，领会越透，蕴藏的潜力将越大。

第三，中医、书法都懂得接受和运用自然赋予的灵感。中医《脉象学》谓："浮脉如春风吹杨柳，飘飘然"；"缓脉如柳条摇曳趁春风"。大书法家怀素称："吾观夏云多奇峰，辄常效之，其痛快处，如飞鸟出林，惊蛇入草。"说明善于用自然界物象化语言表达和描述人体现象及人的审美感受，是古今普遍认同的现象，启迪人们从大自然中寻求灵感，取法自然，让人在创造中产生联想。

第四，学中医，倡导久读，熟读，要记在脑，融于血，再到实践中应用。而学书法，更要求熟读法帖，刻苦、反复临摹，做到心到、眼到、手到三结合。做到临一遍有临一遍的收获，切忌依样画葫芦式临摹。

最后提醒的是，不管学中医还是学书法，悟性都是不可或缺的重要潜质之一！借用齐白石的一句话："妙在似与不似之间，太似为媚俗，不似为欺世。"掌握似与不似之间的分寸，即为悟性。

同济医学院一百一十周年志庆

江城胜景诗书画展

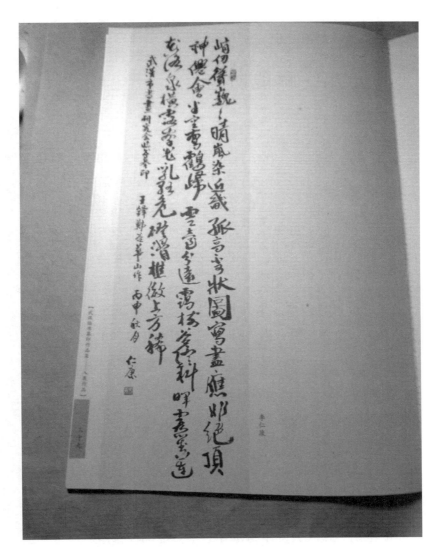

武汉临书摹印作品集——入展作品

养女儿一样能防老

"养儿防老"这一观念在中国有着深厚的文化背景和几千年的历史,就是指父母把子女当作自己晚年生活的依靠和支柱,期望子女能够在自己年老体衰时给予实际照顾和精神上的支持与安慰,这一思想深入人心,影响最为广泛。有个别所谓专家,在那里故弄玄虚,质疑这一观念在当今社会环境中是否还具有合理性,这是完全没有道理的。

这里说说我的两个女儿助我们养老的事。养儿子防老也好,养女儿防老也罢,因为各个家庭的实际情况千差万别,因此,养老要因具体情况而异,方能达到满意的目的。

本来我有三个孩子,儿子移民加拿大多年,因不在身边,基本上管不了我们的事,养老重任就落到了我两个女儿的肩上了,我家就是名副其实的"养女防老"。

我的大女儿李燕,毕业于中国地质大学(武汉)珠宝加工及检测专业,因珠宝市场不景气,企业改制,她也改行了,但仍与我们同城生活。我的小女儿李维,护理专业,在我退休前工作的医院工作。大女婿梅革委、小女婿陈崧,他们在防老过程中成为女儿的"贤外助",凡大事都主动出谋划策,重活累活都抢着干。李燕的女儿梅文隽,毕业于湖北美术学院。李维的儿子陈梓毓,现正在日本留学。我们老两口都是1939年出生的，我们退休时，两个女儿都还不到三十岁。我们退休的时间长了，她们与我们接触多了，慢慢地对我们的退休生活就有了很详尽的了解。她们把我们俩的退休生活划分为四期：

第一期，为退休早期，指刚退休的前三五年，虽然退休了，还觉得自己和未退休前一样，生活有条不紊，不需特别照顾，单位有个什么临时任务布置下来要做，做得比退休前还好，显得自己还有活力，不服老。

第二期，为退休适应期，指退休后的6—10年，承认自己已经退休了，也逐渐适应了退休生活，也许是认识到"光阴已经为己有，日月不再属公家（工作单位）"，行动上显得比较自由，一心去干自己想干的事，而且，专心致志，有种不干出点成绩来誓不罢休的想法。我的两个女儿评价我退休后选择练书法就是这种心态。在这个阶段，我们对女儿们的依从性比较好，她们说我们能服从安排，比如，随同一起到附近农家乐吃个饭、钓钓鱼，或去邻近的什么景点参观后住上一晚上，都能接受。

第三期，为退休狂热期，指退休后年龄已满70岁，正向80岁进军的阶段，自感退休的时间不短了，年龄越来越大了，体力不如以前了，心理上感到自己真的有点老了，要抓紧时间，把想干的事、没完成的事做完，否则，年龄不饶人。所以，在这个阶段，有些在外人看来我们本来不一定干得了的事，也惊心动魄地干了。我的女儿们说："你们二位已经78岁了，到浙江温州还去爬了雁荡山，真叫人提心吊胆！"其实，我们78岁爬雁荡山也是一种矛盾心理的表露，心想既然来了，这次不登,下次就没有机会了。在战友的搀扶下,稀里糊涂地就上去了。上去了,还真有点后怕,出了问题怎么办?到2019年,我俩在80岁高龄时,还应战友之邀去了山西太原,山西战友巩年喜及夫人牛巧珍一家热情好客,问我们想去山西什么地方看看,并表态说:"你们指向哪里,我们就打到哪里。"

我说:"想去大同云冈石窟。"

巩年喜说:"没问题。"次日就带我们去了慕名已久的云冈石窟,太原到大同,单程是290多公里,当天去,当天回,全程近600公里。第二天,我们又去了移民旧址山西洪洞县大槐树寻根问祖,太原到大槐树单程是220多公里,返回太原途中,我们还参观了平遥古城、乔家大院,在一天内去了这么多地方,简直接近疯狂。我闺女说我们70岁以后进入退休狂热期是有足够根据的。

第三天,在巩年喜夫妇的陪同下,我们又到了石家庄战友杨军、李蔚那里,随后他们又把我们送去河北省平山县参观了红色革命圣地——西柏坡景区。旅游在外,只考虑有战友陪同玩得高兴,哪考虑自己已是耄耋老者了。

我们外出旅游时,都要征求闺女的意见,主要是评估出行的身体条件。一旦决定成行,她们就帮我们把火车票、飞机票、到站后的宾馆订好。小女儿李维是一个极力提倡消费的人,凡是所乘的交通工具、宾馆,都要买等级高一点的,图个舒适。如果我们有异议,小女儿就会说:"差钱的话,回来在我这里报销。"这里强调一点,我们经常出外旅行,女儿们帮我们订这票、买那票,其费用不能还由她们出,到时候我们一定会按数还给她们。因为她们有她们的家庭，有她们的开支，这方面不能马虎。平时在家里闺女们经常给我们买的一些东西，也要把经济手续处理好。凡逢年过节、过生日，她们给我们买的一些吃的、喝的，包括纪念品等，不一定要如数给钱她们，这是她们孝敬我们的东西，你若给钱，她们可能还不高兴。但是，如果是我们要她们代为购物，这钱一定要给她们，长日长时，不能在经济上加重她们的负担。经济上的关系搞顺了，更能增进感情和亲情，这个问题，作为父母一方是尤其不能忽视的。

我们在80岁以前，走了不少全国有名的城镇和景点。到了冬天还去南方避寒，夏日则找地方避暑。有时外出的时间长了，女儿们不放心，不是三天两头打个电话问问情况，就是直接去我们待的地方看看。2017年，我们在海南避寒三个多月，大女儿还专门去了一趟，看我们在那里生活得怎么样。

2015年，我去桂林参加"第八届中国重阳书画展"比赛，本来有夫人陪伴，两个女儿不放心，怕我参赛紧张，专程赶去陪我，让我放松心情。参赛完了后，她们又带我们二老游览了阳朔、漓江，其乐融融。

第四期，退休重点关照期，这个年龄段在80岁以上。我们退休以前，身体、精神、心理状况都不错，即使有点什么毛病，也容易处理和恢复。比如说我自己，80岁曾先后两次患心肌梗死，在女儿们的重视下，及时送医，抓紧治疗，预后比较满意。我小女儿李维在医院工作，我们若有什么病痛，特别是紧急情况，她会随时与医院相关科室联系，及时处理，这对于保证老年人的健康，是非常重要的。

我们到了80岁时，闺女女婿更把我们当成重点照顾对象，经常上门看看我们生活得怎么样、身体状况如何，提醒我们若有身体不适，要告知，做到有病早发现、早治疗。

大女婿梅革委和小女婿陈崧常嘱咐我们，生活上的必需品尽量由他们代购，不要过度劳累。叮嘱我们尽量少出门，防病毒传染，防外出不慎跌倒。我们需要外出办事，都是他们车接车送、随叫随到。俗话说：一个女婿半个儿，女婿在防老中的作用也是不能小视的。

在重点关照期，她们特别注意我们日常生活中的小事情，譬如，要我们不吃剩饭剩菜，尽量不吃隔夜的食品，要按时吃药……说起来，这些都是"小事"，但对我们来说都很重要，说明她们时刻把我们记在心上了。她们能做到这些，我们就心满意足了。在这里，我想骄傲地说："养女儿一样防老！"

> 南朝四百八十寺
> 多少楼台烟雨中
> ——《江南春》

附1：武汉市东西湖径河李氏宗族寻根问祖的思考

当我们享受着现代文明时，不可数典忘祖。我们先祖的来处到底在何方？族内一致认为，我们武汉市东西湖径河李氏来自江西，这是不争的事实，因为我们的祖先都是这样代代相传、口口相授的，江西就是我们径河李氏代代思念的故乡。具体来自江西何地？有的传说"来自江西筷子巷（或叫筷子街）"；有的传说"来自江西赣南"。对大多数族人来说，只知道我们的祖先来自江西，具体地方并不清楚。至于什么时候从江西来的？虽然说法上不够统一，但基本上比较接近，趋向于认为是六百多年前来泾河的。

一、"江西填湖广"缘由

什么是"江西填湖广"？元朝末年，自元惠宗至正十一年（公元1351年）到至正二十四年（1364年），战乱不断，时间长达十三年，湖广行省遭到毁灭性破坏，以致人口锐减。但是经过宋、元两朝发展的江西，已经成为中国第一人口大省，且受战乱影响甚微，人多地少。朱元璋平定天下建立明朝之后，鉴于恢复生产和治理国家的需要，颁布移民诏书，令从江西省的饶州府、南昌府、吉安府、九江府向湖广行省进行大规模的移民，这就是历史上著名的"江西填湖广"运动。

从前，南北朝到唐宋的移民主要是民间自发的，由于外族的入侵和生存环境的恶化，当一个家族决定迁徙后，整个家族几乎都搬迁了，而搬迁后的家族仍然聚集在一起生活。而明清时期则不一样，明清时期主要是由政府组织，强制性搬迁，如明朝的移民条例就规定"四口人之家留一，六口人之家留二，八口人之家留三"。迁徙后，有亲戚关系也必须分开住，而且不允许返回家乡。

明清时期的移民主要由山西洪洞县、江西瓦屑坝、筷子巷、南京杨柳巷、福建宁化、湖北麻城、孝感等地迁出，前往全国各地。据历史资料记载，仅湖北一省，明初迁入的移民数就达180万人，其中130万人是从江西迁入的。从湖北、湖南现存的家谱来看，百分之六七十是江西移民后代。以我们泾河李氏的近邻黄陂为例，据《黄陂县志》记载，黄陂姓氏中不少姓氏就是明代由江西省迁入的。黄陂东部甘棠街道万姓宗族是明初由江西饶州府鄱阳县瓦屑坝过籍而来；西部祁家湾街道土庙李氏宗族是明代洪武年间从江西吉安府吉水县农村迁过来的；北部蔡店街道张姓，祖籍江西，明洪武年间先迁至大悟县老山，蔡店这边为其分支；长岭、前川及滠口的冯姓均为江西过籍到黄陂；鄂东地区几乎每个家族都宣称自己祖上是从江西迁来的。不可否认，江西移民的后代构成了今天湖南、湖北人口的主要组成部分，真是"居楚之家，多豫章（指江西）籍。"

二、江西移民迁出的其他类型

江西向外移民,除明朝政府下令并组织的"江西填湖广"时的大规模移民外,也有以下少量的、零星的移出途径:

(1) 有官派的,叫带职受迁;

(2) 有的是厌倦了江西鄱阳湖的水患和战乱,想找一块没有战乱、没有水患的安全之地栖息而自愿迁徙的;

(3) 有的家大口阔,又无田少地,为了解决眼下的住房、田产不足问题而自愿迁徙他乡,在异地分散定居;

(4) 有因经商一家老小自江西迁出的;

(5) 或从江西千里迢迢过来寻亲、逃荒乞讨来到异地落籍。

三、"江西填湖广"移民的路线及出发地

1. 移民路线

明朝实施近50年的"江西填湖广",移民迁入两湖的路线是水陆并举,进入湖南以陆路为主,湘东与赣西之间的幕阜山、九岭山、武功山、万洋山等山脉雁行错列,海拔大多在千米以上,是湘江与赣江的分水岭。这些山地之间的长廊断陷谷地或斜谷地就构成江西以及广东、福建、浙江等省移民进入湖南的天然交通通道。

进入湖北的移民以水路为主,赣江、长江、汉江从古至今都是水运交通动脉,南昌府的外迁人口自筷子巷集中押送出发,在赣江边乘木船顺江而下,抵达鄱阳湖边的瓦屑坝,与另

外三府（饶州、吉安、九江）的移民汇合，然后登舟北上。船队经湖口入长江后西行，有的移民被安排在湖北东部定居，有的分三路向湖北中部、北部、西部扩散，当然也有的顺江而下，迁往安徽及其他省份。

2."江西填湖广"移民出省的集散地

（1）江西南昌筷子巷。

在江西境内，除有被明代作为移民集散地和管理机构驻地的南昌筷子巷，据说丰城市、永修县、余干县、分宜县、鄱阳县也各有一条筷子巷。令人惊奇的是，这些筷子巷都处于赣江中下游及环鄱阳湖区域，也正是"江西填湖广"迁出人口最多的地区。

据了解，江西南昌市的筷子巷（今筷子街），东起象山南路，西至上塘塍街，是一条只有几百米长、几米宽，既窄小又陈旧的老街，因为曾经扮演过"江西填湖广"移民管理机构驻地和移民集散地的双重角色，也被1997年出版的《中国移民史》列为中国古代十大移民集散地之一。

明初，硝烟战火刚熄，惊魂甫定的百姓们都不愿意离乡他去，熟土难离和恋乡情结促使这些被征遣的民众纷纷逃躲深山，有的则投靠地方势力来保护自己。执行移民抽调工作的里胥官吏便使出诈计，放出流言说居住在筷子巷的人不在抽丁移徙之列。于是很多人都逃到这里企图躲过遣迁厄运，结果在一夜之间，逃到这里的百姓被尽数抓住，由绳缚捆绑着押去九江口集屯，或去瓦屑坝集中，再分船调拨发往楚北、湘岳之地。当时被强行遣迁的百姓多为底层平民和劳动者，因没有文化，且世代不曾远徙，亦未经世面，动乱年代区辖多变，许多人对自己原居地的府州县名不甚知晓，只记住自己被捆缚之地筷子巷为始发之地，这些人虽然不是来自筷子巷，但因筷子巷是当时的标志性的地名，成为鄂、豫、湘移民史上颇具影响且铭刻千秋的历史地名。

(2) 鄱阳湖畔的瓦屑坝。

距离南昌不远处的鄱阳湖畔饶州府鄱阳县立德乡，有一个水运码头瓦屑坝渡口，是鄱阳湖航道连接长江的主要关口。这是个古老的渡口，自然成为江西官方首选的迁往湖广移民的出发地，也是移民的集散中心。官兵将被安排的移民对象反绑着双手，一批又一批地押解到瓦屑坝渡口，然后上船遣送到各地，如今瓦屑坝已被列为中国历史上的八大移民圣地之一。只不过如今的瓦屑坝码头因鄱阳湖缩小也远离湖边几十里路了。

因年代久远，移民后代逐渐淡忘了具体祖居地，将记忆定格于瓦屑坝，似乎瓦屑坝就成了他们祖先的原居地，这是一种思乡情结的归宿，就像华东等省区的人只记"大槐树"一样。实际上瓦屑坝移民的原居地多分布在江西饶州（鄱阳）、九江两府各县。

六百多年过去了，对于失去祖先传承的族谱和祖先确切记忆的移民后代来说，唯有祖先们曾经集结的筷子巷、开启祖先们迁徙漂泊之旅的瓦屑坝渡口，已演绎成口口相传、代代思念的故乡！更成为千千万万江西移民后裔魂牵梦萦的地方！也是江西移民后裔永远难忘的祖根！

通过有关"江西填湖广"的史料及南昌筷子巷、鄱阳湖畔的瓦屑坝两个移民集散地出发点可以了解到，江西移民主要出自今南昌、丰城、九江、德安、景德镇、乐平、鄱阳、余干、吉安、泰和等县市，也就是明清时期的饶州、南昌、吉安、九江四府。从流域看，开发早、经济文化发达的赣江中下游迁出人口最多；从地域看，"赣北多于赣南"。有研究资料在这里将上列府县划分为"赣北""赣南"，无疑，最南边的泰和、吉安就属于"赣南"了。

四、赣州与赣南

今日的赣州，普遍被视作一个客家人聚居的地域，但是赣州客家聚居的历史并不长，是明清以后的事情了。

1. 明代赣南地区的自然环境

今赣州市在明代分属两府，分别是南安府和赣州府。至清朝乾隆十九年（1754年），原属赣州府的宁都县升为直隶州，领瑞金、石城两县，形成南安、赣州、宁都并立的三个区，政区的兴废通常反映人口的变迁。

赣南地区的主要地形是山地、盆地和河谷平原，此地形特点对人口的分布有较大影响。南宋时有人曾对赣南的地理情况这样描述："其南则赣、吉、南安，林峒邃密，跨越之路，奸人亡命之所出没。"到了明代仍然是"一望林峦，非拾级登峰，丹崖绝壑，即穿坑度凹，鸟道羊肠"。此情表明，恶劣的生存环境，导致了赣南地区人烟稀少，地旷人稀。

2. 明代以前赣南地区的人口情况

曹树基曾统计过宋元间赣南地区的人口密度情况，宋初为每平方公里约11人,在元代,其人口密度则为每平方公里约9人,那真是当时有人描述的:"赣为郡,居江右上流,所治十邑,皆僻远民少,而散处山溪间,或数十里不见民居。里胥持公牒征召,或行数日不底其舍,而岩壑深邃,瘴烟毒雾,不习而冒之辄病,而死者常什七八。"

自然生存环境恶劣和动乱频发,使得赣南地区成了人口的洼地,从而为新的人口迁入带来了可能。

资料表明赣南不仅接受了江西中部的移民,而且也吸引了广东、福建的移民。移民的分布也很有特点,江西移民主要分布在赣南地区的中北部,而福建移民主要集中在东部闽赣边界,广东移民主要分布在赣南地区的南部和西部。移民迁移的影响是巨大的,改变了明代之前赣南地区的人口结构,把赣南从以赣文化为主的地区变成了以客家文化为主的区域,赣州自此也成了客家重镇,这些变化都是始于明清时期赣南的大移民活动。厦门大学人文学院历史系教授饶伟新认为,明清两代是外来移民入迁赣南地区的主要历史时期,也是赣南客家社会文化形成的关键历史时期。

五、寻根问祖需具备的基本条件

随着生活条件整体性的提高,越来越多的人开始关注根在哪的问题。很多人的祖先是从山西大槐树迁移到现在的居住地的,也有"江西填湖广"的,闯关东的,走西口的,不管从哪来,迁移到何处,人们都想知道自己祖籍何处,弄清楚祖上迁移的来龙去脉。

在寻根问祖路上，需要具备哪些条件？

（1）祖籍地（一世祖的原住地）。

如果是有家谱的家族，从家谱上可以知道祖籍在何处，一般情况下，通过迁移时期的县志记载是可以查到原住地的。

（2）始迁祖名讳、迁出时间，以及生殁时间。

古代人有名、字，文人还有号，以及家谱名号和小名，迁徙也可能改名，这些都增加了寻根的难度。

另外，始迁祖迁移的时间也很关键，因为有名字相同但时期不同的情况。

（3）字辈排序（尤其前五世的老字辈）。

寻根时，有家谱的，要根据原住地流传的固定的字辈，按照字辈排序，弄清楚从始迁祖开始连续字辈的信息。

（4）迁移路线。

很多始迁祖迁移的时候，从原住地迁移到一处，生活一代或者数代人后，由于各种原因，又迁移到另一新地址，或者如此辗转数次数个地方，迁移路线一定要弄清楚。

（5）家族里对祖籍地的传说故事。

每个家族都有口口相传的故事，包括故乡的风土人情，这些可加深对原住地的印象和记忆。

（6）查看祖坟墓碑文字，这是寻根问祖的主要途径之一。

（7）多询问本村年长的老人。

多向村里年长的老人询问家族史，这个老人知道这个家族的故事，另一个知道另一个家族的故事，合在一起，迁移的来龙去脉就会比较详细。

(8) 先横向（旁支），后纵向（始迁地）。

通过相邻的村庄，打听关于自己宗族的迁移传说故事。有条件的，可以直接到始迁地去了解具体情况，由于历史变迁，始迁地的名字可能会发生改变。通过当地的档案室等机构去了解实际情况，查查史料。

六、武汉东西湖径河李氏寻根的困惑

这包括两个方面：

一是从当时的国家层面来说，存在两个问题。第一，"江西填湖广"，"其自江右移籍者，始于洪武二年，考明代移民之见于史者甚多……独迁江右于楚一事，不见明文，未知何故。"考《明史·食货志》载："或此时余干户口繁盛而楚中实当凋敝之秋，听民择利而趋，不由官府遣发，故史不载耳。"第二，纵观历史，历朝历代封建掌权者的所谓史书和文献，多为帝王将相、名人官宦著书立传，甚少关注底层平民百姓的生活，所以，明清的大规模移民户籍资料早已荡然无存，相关信息根本无正史记载，多是一代代人口口相传。

二是从现在武汉市东西湖径河李氏宗族来说，只有寻根认祖的愿望与热情，却没有一丝能供寻根问祖参考的必备条件与要素。因为年代久远，加之战乱、运动、洪水等，径河李氏宗族族谱丢失，这样导致始迁祖的名讳、迁出时间及生殁日期也无所考；由于人为原因，始迁祖的坟墓被毁，碑石不知去向。今日径河李氏寻根，真可谓大海捞针，难度极大。

七、径河李氏从江西迁出的地点、时间

本部分包括三个内容：第一，大概是什么时间迁来的？第二，是"江西填湖广"时来的，还是从其他途径来的？第三，到底来自江西何处？

（1）什么时间迁来的？

根据族内各个湾子的传说，我们径河李氏大约是在"四五百"或"五六百"年前从江西迁来的。这种说法在清代、民国时期都有，新中国成立后仍常常听到。虽然传说表面上听起来迁入是在不同的时期，但实际推测始迁祖来径河的时间应大致是相同的。比如，我八九岁时，曾听父亲说："听爷爷说，我们这个李氏是400多年前从江西赣南迁来的。"父亲大我34岁，我八九岁，父亲四十二三岁，问题是，父亲听爷爷说时，父亲年纪多大？如果父亲20岁时听爷爷说，那就是1925年，离今已99年，400多年再加上99年，是500多年了。如果父亲是30岁时听爷爷说的，离今已89年，400多年再加上86年，也是500年左右了。

另外，我祖父说的"400多年前"，肯定也是他老人家听人说的，他老人家多大听人说，也面临上述的问题。按我爷爷的说法，估计我们这个李氏是"江西填湖广"时跟大队伍一道来的，明朝洪武元年（1368年）发布诏书实行大移民，历经50年，我径河李氏可能就是这50年间迁来的，这比较符合我径河李氏"五六百"年前从江西移民来的传说。

如果我径河始迁祖不是"江西填湖广"大移民时来的，是

单独来的,这个时间就不好说了。

另有一种说法,认为径河李氏是300多年前从江西来,持这种观点的人,是从径河李氏现行的字辈推算出来的,我族现行字辈已到"永"字,代表繁衍生息了15代,就是300多年的光景。其实,这种算法是站不住脚的,可以肯定的是,径河李氏在径河绝对不止繁衍了15代,这15代之前应该还有江西来的字辈,现行的字辈是江西带来的字辈用完后在径河续接的。

径河李氏如果是明朝大移民时期来的,在径河至少繁衍了30代,经历了600多年,与"江西填湖广"时间大致相符。

当然,这里也不排除始迁祖一来径河就制定现行字辈的可能,但眼下并无证据。

(2)是"江西填湖广"时来的,还是从其他途径来的?

在没有确切证据的情况下,上述两种情况都有可能。但多种迹象表明,我径河始迁祖最有可能是在明代"江西填湖广"时迁徙而来,理由如下:

①径河李氏周边姓氏来湖北的时间可以佐证。

证据一,据《孝感王氏族谱》载:"其一世祖安仁公于明洪武二年自江西饶州府余干县迁湖北汉阳府孝感县。"

证据二,《红安百家姓氏源考》李姓来源载:"明洪武二年李宗一携妻室……受遣为'江西填湖广'移民,由江西饶州府迁楚北。"

证据三,2011年5月22日《武汉晚报》载:"江夏李卜卦湾的居民全部姓李,600多年前从江西迁徙而来。"

证据四,据《黄陂县志》记载,西部祁家湾土庙李氏宗族系明洪武年间从江西吉安府吉水县农村迁来，其始祖为李元富三兄弟，流传到现在已经30代。

根据资料显示，两湖人口中有60%～70%是江西移民的后代，既然这些人大多是"江西填湖广"时来的，估计我族始迁祖也不例外。

另据资料称，仅洪武二十一年（1388年）就有：

"迁江西移民30万人到黄州。"

"迁江西移民12.2万人到武昌府。"

"迁江西移民16万人到荆州府。"

"迁江西移民10.2万人到汉阳府、沔阳府"。

据黄陂电力局退休职工郭国典介绍，他们郭姓也是"江西填湖广"时来到黄陂蔡店郭岗坞子湾的。何况，明朝建立后的50年中，总共进行了8次强迫性移民，我径河李氏始迁祖在此之列的可能性极大。

②通过前述我始迁祖来径河时间的分析可以判断我们李家始迁祖是"江西填湖广"大潮中与其他众多姓氏一起来径河的。

有人说，径河李家始迁祖可能是单独来径河的，这也不是说绝对不可能，只是目前毫无证据。

（3）究竟是从江西什么地方迁徙来的？

①来自江西"筷子巷"的问题。

多少年来，族内有很多人说，我们来自江西"筷子巷"。从前族内有些人过年祭祖时，常在供品腊肉上插上一根筷子，表示对江西移出地的纪念。

除南昌外,江西很多地方都有筷子巷,尤其环鄱阳湖地区及赣江中下游地区,我们究竟是来自南昌的筷子巷,还是其他府县的筷子巷,并不清楚。应该说,我始迁祖从南昌筷子巷出发是有可能的,但原居地肯定不是筷子巷,此问题在本文前面已经说得很清楚了。

②来自"赣南"的问题。

关于"赣南",有两个概念。一个是,江西简称"赣",如果按地理位置分,则有赣南、赣中、赣北之分;二个是,江西南端有个地方名为"赣州",所谓"赣南",可能指的赣州之南。

第一,我始迁祖来自赣州之南的问题。

江西有一重镇叫赣州,处于江西南部,毗邻福建广东,我们祖祖辈辈所说的"来自赣南",是否指的这个赣州之南的某个地方?关于江西赣州,本文前面已有专门论述。在明朝"江西填湖广"时,赣州还是一个人口稀少、地旷人稀、经济很不发达的地区。历史资料显示,在明清时代,赣州不是一个移民的移出地,相反是一个移民移入地,正是明清时期对赣州的大量移民,使当时乃至今日之赣州成了一个客家人聚居的地域。

明朝政府推行的"江西填湖广",从路线来说,"移于湖北的多走水路,移于湖南的多走陆路",而且要"就近移出""方便移出",不可能舍近求远,翻山越岭从江西的最南端靠广东、福建的地方移来武汉东西湖径河两岸。

第二,从"江西填湖广"的实际情况看,是赣北移出的多,赣南移出的少,当时的主要移出地是"南昌府、吉安府、九江府、饶州府"。从这四府的地理位置看，南昌府属中部、吉安府偏南；而九江、饶州两府均为赣北地区。我族代代相传"来自赣南"，可能指的就是泰和、吉安。个人认为这个分析还是比较有道理的。何况，离我们不远的祁家湾土庙李氏就是600多年前从吉安府吉水县谷村迁徙来的，他们与我径河李氏祖上有没有什么血缘联系不得而知，但有一点必须说明的是，明朝在大移民时规定，亲戚、同姓的家族是不允许居住在一起的。

综上所述，祖祖辈辈传说我径河李氏来自赣南，应理解为是来自当时移民府县中最南边的地区，可能就是泰和、吉安府，但绝非来自赣州之南。

③除"筷子巷""赣南"之说外，还有无从江西其他地方迁来的可能？

从分析推测来看，径河李氏始迁祖从瓦屑坝移来也是有可能的，因为瓦屑坝是"江西填湖广"首选的出发地，也是当年移民的集散中心。现今径河李氏周边的黄陂、汉川、江夏等地的居民，有很多就是当年"江西填湖广"时经瓦屑坝渡口迁移来的，径河李氏是当年移民大潮中的一员，也有可能通过瓦屑坝渡口出发，再逆水而上来到东西湖。当然这仅是分析与推断，并无确凿的证据，即使有证据确定径河李氏始迁祖是经瓦屑坝渡口移来的，但具体的是从哪个府哪个县到瓦屑坝上船的，也是一个未解之谜。

宗族寻根应具备基本的条件，或者要有一点线索，而径河李氏是既无线索，又不具备基本的条件，犹如大海捞针。尽管如此，有两点是宗族普遍认可的：其一，我始迁祖来自江西，这是板上钉钉的，谁也不会否认；其二，我始迁祖是"江西填湖广"时来的，距今600多年，关于这个时间，族内也无太大的争议。问题是径河李氏究竟是从江西哪个地方来的，这是族人们最想知道的。

筷子巷是"江西填湖广"时移民移出前的集中地，瓦屑坝则是江西移民移向湖广等地的一个必经渡口，这两个地方不太可能是径河李氏始迁祖的原居住地。

单纯从地理的角度看江西的赣州及赣州的南部地区，在明朝时期是个人烟稀少、经济落后的地区，它不是"江西填湖广"大移民时的移出地，而是明清大移民时的移入地。大量移民的进入，使赣州成了以客家文化占主体的区域，成为客家重镇。我宗族代代相传的"来自赣南"，可以肯定地说，绝不是地理上的赣州或赣州之南的地方。

当年"江西填湖广"大移民，主要集中在四个府，而吉安（包括更南边的泰和）是当年遣迁移民最南端的地区，传说中的赣南，有可能就是指这个地方。我们径河李氏的始迁祖是不是从这个地方来的，不好下定论，因为缺少证据。邻近的黄陂祁家湾土庙李氏就是600多年前从江西吉安府吉水县谷村迁来，是江西五大李姓系统中西平堂李氏李晟的后裔，他们在江西时与我们径河李氏始迁祖有无关系，只能凭想象了，那是谁也说不清楚的，因为一点线索与证据都没有。

这也不能确定，那也绝对不是，那我始迁祖到底来自江西何处？失去了寻根问祖的必要条件，要想知道我始迁祖来径河之前在江西的具体原居住地那是根本不可能的。如果今后径河李氏宗族还不能寻找到（如族谱）或发掘出（如始迁祖的墓碑）哪怕一条或两条寻根的基本线索，不仅现在寻根困难，就是将来，后人们再努力也不会得到明确的结果。在这种情况下寻根问祖将是一条越走越黑，永远见不到曙光的路。

我们的祖籍在江西，究竟在江西哪里？600多年过去了，我们只能把筷子巷、赣南当作魂牵梦绕、日夜思念的故乡，它就是我们江西移民后裔永远难忘的祖根。我们无论在哪里，是哪里人，都是中华儿女，愿武汉东西湖径河李氏族人永远根连根、心连心！

温馨提示：我大屋湾人所开展的寻根问祖工作，前前后后少说也有十年之久，因为没有切实的寻根线索与必备的资料支撑，所以未能取得实质性的结果。为了对我李氏宗族负责，也使我径河李氏后人不在寻根问题上走弯路，我想温馨提示后代子孙，在没找到可靠的寻根证据与十分有价值的线索之前，不要再继续这项工作，说句武断的话，再搞下去也是不会有结果的，除非未来在寻根路上有奇迹发生，但愿我列祖列宗保佑这一奇迹的出现。

2023年5月（癸卯）

附2：径河李氏大屋湾寻根纪实

大屋湾寻根问祖实际上就是武汉市东西湖径河李氏宗族的寻根问祖，根据族内代代相传，口口相授"我们是大约五六百年前从江西移民来的"普遍共识，围绕这一主题，我们大屋湾在寻根问祖的路上做了下列工作。

一、首先查找并阅读有关移民文件及史料

我们查找并阅读了明清全国移民的大量历史文献和资料，这里不一一列举。

二、发动大屋湾族人寻找老族谱

大屋湾老族谱即径河李氏族谱，新中国成立后一直未重修，最近的一次修谱据老辈人讲是在民国时期，健在的有一些八十多岁的族人都曾亲眼见到过老族谱，有2户一直保存径河李氏族谱的族户，因1954年特大洪水，房屋被洪水淹没、倒塌，族谱不知去向。到2000年，大屋湾重新续修族谱时，虽挨家挨户询问，通过多方寻找，仍未找到老族谱。

三、寻找径河李氏始迁祖原始墓碑

有几百年历史且保存完好的江西迁径河始迁祖墓在1971年

遭毁，碑碎基石弃，找到这个原始墓碑尤为重要，我湾族人传斌带着挖掘机，在原老坟附近原碑可能留存的地方进行了两次挖掘，未果。

同时，我湾族人义俊（2022年已故）、洲阶等大约在20世纪中期，在老坟附近一个鱼塘里找到一块残碑，上款为"乾隆四十三"，正文为"前明五世祖"，无下款。此残碑被径河李氏宗族族委会认定为径河李氏老坟残碑，并立于重新修复后的祖坟处。是否确实为老坟残碑，有待进一步考察。

四、实地寻访考察寻找线索

从《黄陂县志》得知，黄陂区祁家湾土庙李氏是600年前从江西吉安府吉安县谷村移民来的，我们通过土庙村村委会找到土庙李氏宗族负责人李医生，李医生向我们认真介绍了他们寻根问祖的过程及结果，但并未发现他们与我们径河李氏有什么直接联系。

考虑到山西洪洞县大槐树是明代移民重镇，仁康及夫人借去山西旅游的机会，专程驱车200多公里到大槐树移民旧址实地考察，也未发现其与我们东西湖径河李氏有联系的线索。

本来计划去江西实地考察，因在黄陂和大槐树寻访未取得有价值的线索，故江西考察暂缓，改为其他形式寻访。

五、寻求江西李氏研究会和江西鄱阳县移民研究会专家的指导和帮助

江西饶州府实为当今的鄱阳县，资料显示，鄱阳县的瓦屑坝是明清时期全国八大移民地之一，正好我大屋湾仁康的战友王粤丽在江西工作，通过这个战友联系上了江西鄱阳县瓦屑坝移民研究会会长朱贵安老先生，并建立了密切的联系。朱会长是多姓氏移民族谱的收藏家，截至2017年已收藏了各移民姓氏族谱540余部。我们的寻根问祖得到了朱会长的许多指点和帮助。

为了使朱会长及其所领导的研究会对东西湖径河李氏宗族有所了解，我湾仁康特地撰写了《武汉市东西湖区径河李氏宗族情况简介》一文，邮寄给了朱会长，供他们参考。并赠送两本《李氏大屋湾宗谱》，一本供朱会长自己收藏，朱会长允诺，另一本送给新落成的瓦屑坝移民博物馆收藏。

通过朱会长的引荐，我们又结识了"江西李氏五大支系研究会"执行会长李广西先生，朱会长、李会长对我们的寻根工作非常关注，并表示非常乐意提供帮助。根据"江西填湖广"的情况及武汉的地理位置，他们认为，我始迁祖由瓦屑坝来到湖北是可能的，具体由江西哪个府县到瓦屑坝再到武汉，有待进一步寻访考察论证。

根据我们提供的本宗族情况简介，族内有传说，"我径河李氏来自赣南"，朱、李两专家认为，真正来自如今所说的地理上的赣南地区是不可能的，因为"江西填湖广"时，赣南的移出民是极少的，且主要是外地向赣南地区移民，明代"江西填湖广"重点在南昌、九江、饶州、吉安四府，从地理位置来说，吉安较其他三府更靠南，如果说我宗族是从"赣南"来，有可能指的是当时移民四府中最靠南的吉安府。他们认为这是有可能的,何况,与我们近在咫尺的黄陂祁家湾土庙李氏就是600多年前从吉安府吉安县谷村移民来的,可惜我们宗族没有佐证材料。

朱会长多次强调要提供必需的寻根资料或线索,否则难有结果。李会长强调,寻根要先在族内寻找族谱、碑记、文献、传说,甚至是有意义的移民故事,这对寻根非常重要。

六、召开寻根问祖专题研讨会

大屋湾仁康撰写了《武汉市东西湖径河李氏宗族寻根问祖的思考》一文,详细阐述了寻根问祖的一系列问题,在此基础上,组织召集各湾族人代表进行专题座谈讨论,就径河李氏宗族寻根问祖问题深入交流研讨,参会人员如下:大屋湾的华珍、新国、强国;二屋湾的仁奎、仁宗、行佑、行维、义新,义新是此次研讨会的积极倡导者;幺屋湾的腊林。会上,仁康首先作了主旨发言,就文章的主要观点作了说明,还将他本人和大屋湾族人就寻根问祖所做的主要工作向参会人员作了简要介绍,仁奎、仁宗、义新等作了重点发言,所有参会族人都畅所欲言,谈了自己的看法和建议。参会者对大屋湾为径河李氏寻根问祖所做的工作给予充分肯定。大家一致认为下一步的工作一是要继续寻找径河李氏老族谱,二是继续寻找始迁祖墓的原始碑石,寻找与我始迁祖迁湖北有关的资料。

李氏大屋湾虽然为径河李氏寻根问祖做了一些工作,到目前为止也没有取得最终结果,但通过寻根的过程,我们进一步明确了寻根的方向、寻根的必要条件、寻根的重点,为今后族人寻根问祖积累了经验。

三屋湾仁尧年近八旬，为支持寻根问祖不辞劳苦，多次专门去武汉图书馆查阅《汉阳府志》《汉阳县志》。

衷心感谢大屋湾及径河李氏各湾族人对径河李氏宗族寻根问祖工作的支持！

我们寻根问祖的工作还做得很肤浅，写出的文章错误之处在所难免，希望得到族人指教，不足之处敬请谅解！

强国

2023 年 4 月

后 记

我只想通过这本书,通过我这一生所经历的生活点点滴滴,记叙我跟着共产党走的人生轨迹,但是由于资料有限、记忆力的缺陷,以及写作能力的不足,所以很难反映出全部的情况。但是有一根基本的红线,就是国家需要共产党,个人的成长也需要共产党。

我写这本书是为了总结自己,启迪后人,不知道能不能达到目的。一个人在顺境当中,不要看错了方向,走错了道路;一个人在逆境当中,面对困难,要有克服困难的勇气,不要被困难所吓倒。只有你敢于面对困难,克服困难,做事有毅力、有信心,这样你才能成功。

我谈不上成功。但是呢,我走的路是对的,没有共产党就没有我自己。本书中难免存在资料不完整、不准确的地方,敬请原谅和指正。

致　　谢

  本书的顺利出版得到我的外甥孙夏幼群的鼎力支持和赞助，特此致谢。